もうひとつの曲がり角

岩瀬成子
Iwase Joko

講談社

もうひとつの曲《ま》がり角《かど》

岩瀬《いわせ》成子《じょうこ》

1

どうしてわたしは思いちがいをしていたんだろう。

ブリリアント英会話《えいかいわ》スクールのドアには、小さな紙がはりだされていた。

「5月27日の小学生の初級《しょきゅう》クラスはおやすみです　ブリリアント英会話スクール」

「小学生」と「初級」と「英会話」は漢字《かんじ》で書かれているのに、「お休み」という「英会話」よりも「初級」よりもやさしいはずの漢字はひらがなで書かれていた。マークス先生もときどき日本語を書くけれど、それは小学一年生の子でも、もうちょっとバランスの取《と》れた字を書くよね、と思えるような字だった。この字はマークス先生の字とは思えなかったけれど、おとなの字なのか子どもの字なのかわたしにはわからなかった。生徒《せいと》のだれかの字なのかもしれなかった。「休」という字が好《す》きじゃないだれか。

きょうのクラスがお休み、というのは、先週の授業《じゅぎょう》のおわりに先生がいっていたのかもしれなかった。ホワイトボードの前に腕《うで》をくんで立ったマークス先生が日本語でそういったような気もする。

ふっくらした体つきのマークス先生は授業のおわりにはきまって、やわらかそうなほっぺたをふくらませて笑顔《えがお》をつくり、独特《どくとく》のイントネーションで「では、またね」と、日本語でいう。先週もそういったと思う。けれど、そのまえに、「来週は、クラスはお休みです」といったのかなあ。たしかに、クラスがお休みになるという話はきいた気がする。でも、あれはなにかべつのこと、夏にアメリカに帰国するので、八月の第《だい》一週《しゅう》と第二週は初級クラスはお休みです、という話じゃなかったっけ。先生が話をしているとき、わたしはべつのことを考えていたのかもしれなかった。

ブリリアント英会話スクールのドアについている小さなガラス窓《まど》のむこうは暗《くら》く、ドアノブはカギがかかってうごかなかった。わたしのほかに来ている生徒もいなかった。みんなはちゃんと、きょうが休みということを知っているのだ。やっぱり先週の土曜日に、先生ははっきりそういったんだろう。

なあんだ。

わたしは向《む》きを変《か》えると、建物《たてもの》の入り口のガラスのドアを押《お》して表《おもて》にでた。

英会話スクールが入っているビルはバス通りに面《めん》していた。三階建《がいだ》ての細いビルで、一階にはブリリアント英会話スクールと生命《せいめい》保険《ほけん》会社のオフィスがあるだけだった。ビルには外に階段《かいだん》がついていて、二階と三階のマンションに住《す》んでいる人が使《つか》っているようだった。

ビルの左どなりにはドラッグストアがあった。右どなりは、道をはさんで郵便局《ゆうびんきょく》があった。郵便局とそのむこうの「ホルモン」と看板《かんばん》のでている肉屋《にくや》のあいだにバス停《てい》があって、ときどき人がバスを待《ま》っていた。バスを待っているのはたいてい年取《としと》った人だった。

わたしは英会話スクールのビルの角に立って、郵便局とのあいだにある道の先を見た。バス通りよりも狭《せま》く、道の両側《りょうがわ》に家がならんでいる。そのずっと先に、道路《どうろ》にまで木の枝《えだ》が伸《の》びでている家があった。枝には白い花がちらほら咲《さ》いている。

ちょっと行ってみようか、と思った。せっかく塾《じゅく》まで歩いてきたのに、すぐまたおなじ道を歩いて家に帰るだけじゃつまんない気がした。ここらあたりの脇道《わきみち》はどの道も通ったことのない道ばかりだった。わたしは二か月まえに引《ひ》っ越《こ》してきたばかりなのだ。

行ってみよう。わたしは郵便局とのあいだの道に入っていった。

うちの家族《かぞく》は、まえは市の東側《ひがしがわ》の、昔《むかし》は大きい工場がいくつもあったという地域《ちいき》に住んでいた。2DKのマンションに家族四人で暮《く》らしていた。そのまえ、わたしが生まれたときに住んでいたのは旧《きゅう》市街地《しがいち》の古い家だったらしいけれど、わたしはその家のことはまったくおぼえていない。一歳《さい》になるまえに2DKのマンションに引っ越したからだ。九年間暮らしたその四畳半《じょうはん》と、六畳と、六畳のダイニングキッチンというマンションは、わたしとお兄ちゃんが大きくなるにつれて、わたしたちの体が大きくなったからだけではなく、それにしたがって物《もの》もどんどんふえていったので、しだいに狭くなっていった。それに、お兄ちゃんはだいぶまえから自分だけの部屋《へや》がほしいと、しょっちゅういうようになっていた。パパとママも自分たちの家がほしいと、それはずっとまえから考えていたことらしい。

じっさいにいつから家さがしをはじめていたのか、わたしは知らなかったけれど、パパとママは去年《きょねん》の秋についに、わりに新しい中古住宅《ちゅうこじゅうたく》を市の西側《にしがわ》に見つけて、買うことにしたのだ。そして、その家に引っ越すのは、お兄ちゃんの中学校入学の時期《じき》にあわせるのがいいと考えて、この春休みに、わたしたちは新しく買った家に引っ越してきた。

お兄ちゃんは四月から新しい中学校に通いはじめ、わたしも五年生の新学期《しんがっき》からこっちの小学校に転校《てんこう》した。

市の東側から西側に引っ越しただけなので、ここらあたりのことをまったく知らないわけでもなかった。山の斜面《しゃめん》にまで住宅地がひろがっている景色《けしき》は、車でここらを通りすぎるときに何度《なんど》も見ていた。

東側から西側へ抜《ぬ》ける大きい道路は、ブリリアント英会話スクールが建っている道路のほか、国道も走っていた。まえのマンションに住んでいるとき、わたしはママといっしょにママの運転《うんてん》する車で、こっちにあるショッピングモールにときどき来ていた。でもそのときには、この町はただ通りすぎるだけの場所《ばしょ》でしかなかった。

引っ越すことになって、ママは、それまで勤《つと》めていた自然食品《しぜんしょくひん》の店を通勤《つうきん》に時間がかかりすぎるからという理由《りゆう》でやめて、車で十分ぐらいで行けるショッピングモールのなかのクリーニング店で働《はたら》きはじめた。

パパはずっとまえから勤めている自動車販売《じどうしゃはんばい》会社でいまも働いているけれど、通勤時間はまえの二倍《ばい》になったといっていた。車で三十分ぐらいかかるらしい。

ブリリアント英会話スクールの最初《さいしょ》の授業の日、マークス先生は「グッド　アフタヌーン」と大きなにこにこ顔でいった。生徒一人ひとりの顔をうなずきながらゆっくりと見まわし、それから日本語で「わたしはブランカ・マークスです。いっしょに英語《えいご》の勉強《べんきょう》をしましょう。よろしくおねがいします」といった。

そのあと、九人の生徒に「こんどは、みなさんが英語で自己紹介《じこしょうかい》してください」といった。

最初の六年生の西森《にしもり》くんという人が「アイ　アム　アッシ　ニシモリ。アイ　アム　イレブン　イヤーズ　オールド」といったので、あとにつづく人は全員《ぜんいん》それをまねして、自分の名前と年齢《ねんれい》だけをいった。そういうのはもう学校で習《なら》っていた。

その一人ひとりに対《たい》してマークス先生はにっこりわらいかけ、「ベリー　グッド」といった。

それがおわると、「たのしい英会話」というテキストブックがくばられ、最初のページをひらくようにいわれた。

「シー　イズ　マイ　フレンド」と、先生は最初のページに書かれている文章《ぶんしょう》を読みあげた。ゆっくりと、はっきりと、大きい声で。

わたしたちも声をだして読み、そのあと、となりの席《せき》の人を手で指《さ》し示《しめ》しながら、相《あい》手《て》が男子の場合は「ヒー」に変えていうようにいわれた。わたしたちは何度もくり返《かえ》しておなじことをいった。

「彼女《かのじょ》はわたしの友だちです」

「彼《かれ》はわたしの友だちです」

そのとき、わたしたちは、まだお互《たが》いに知りあってもいなかったのだけれど。

授業のおわりに、先生は「じゃあ、もう一つ。言葉《ことば》をおぼえてください」といって、ホワイトボードに「April」と書いた。

「エイプウィル」と、先生はゆっくりいった。

なんだろう、とわたしは思った。

わたしたちは一人ひとり「エイプウィル」を発音《はつおん》した。何度もいいなおさせられた。

「わたしの口をよく見てください」とマークス先生はいった。そしてくちびるを大きくうごかして、ゆっくりと「エイプウィル」といってみせた。

わたしはやっと、それが「エイプリル」、つまり「四月」のことなんだとわかった。

なんだあ、と思った。それから、疲《つか》れる、と思った。


「あのね、近くにアメリカ人の先生が教えているいい英会話教室があるらしいのね。朋《とも》も入ってみたら？」とママがいったのは、引っ越しの荷物《にもつ》がだいたいかたづいた三月のおわりだった。

「ちょっとでもネイティブの発音になれておいたほうが将来《しょうらい》らくみたいよ。大学入試《にゅうし》に、ちかぢかリスニングだけじゃなくて、スピーキングも加《くわ》わるらしいしね。できるだけ早いうちから英語に親しんでおいたほうがいいと思うの」

ママはさりげない口調《くちょう》でそういった。ダイニングテーブルには「ブリリアント英会話スクール」のパンフレットが置《お》かれていた。

ママはたまたま思いついたみたいないい方をしたけれど、だれかから、小学生のうちに英語になれておいたほうがらくよ、と、きいたのかもしれなかった。もしかしたら自分でインターネットで調《しら》べて、ブリリアント英会話スクールをさがしだしたのかもしれなかった。

「行きたくない」とわたしはいった。

「晴太《はるた》にもできれば英会話教室に行かせたかったんだけど、晴太は週四日サッカーの練《れん》習《しゅう》があったもんね。練習のない日には学習塾《がくしゅうじゅく》に行ってたでしょ。ちょっと無理《むり》かなあ、と考えているうちに中学生になっちゃったのよ。朋はいまからはじめれば、きっと英語が好きになると思うな。朋はいままで習《なら》い事《ごと》をしてないもんね。一つくらいがんばって勉強してごらん」とママはいった。

「行きたくない」とこたえたわたしの言葉なんか、まったく耳に入っていないみたいだった。

こっちに家を買うことをきめてからのママは、それまで以上《いじょう》にてきぱきといろんなことをこなしていた。なんていうか、なんに対しても積極的《せっきょくてき》、というか。

こんどの家は中古住宅だったけれど、建てられてまだ十年ぐらいしかたっていなかった。その家のキッチンと風呂場《ふろば》をリフォームするときめたのはママだった。「お風呂とキッチンは新しくしたいから」と。いろんな建築《けんちく》会社に問《と》いあわせて、そのなかからいちばん安《やす》い価格《かかく》で工事《こうじ》をしてくれる会社に依頼《いらい》したのもママだった。新しいカーペットや家具《かぐ》を買うときも、一人でいろんな店をまわって値段《ねだん》を比《くら》べ、これならお買い得《かどく》、と納得《なっとく》できるものを選《えら》んでいた。

そしてなにかをきめたあと、「やっぱりベストな選択《せんたく》だったわ」と、満足《まんぞく》そうにいっていた。

ブリリアント英会話スクールの最初の授業の日が近づいてくると、ママは入塾申込書《にゅうじゅくもうしこみしょ》をテーブルにひろげ、「朋はきっと英語が好きになるんじゃないかな」とうれしそうにいった。「将来、留学《りゅうがく》したときに、よかったってきっと思うよ」ともいった。まるで、英語を習いさえすれば明るい未来《みらい》が待っている、といってるみたいだった。

「ね」と、ママはわたしに念《ねん》を押した。

「うん」と、わたしはうなずいてしまっていた。

そして、わたしはブリリアント英会話スクールに入ることになった。

ブリリアント英会話スクールには三人のアメリカ人の先生がいるらしかった。わたしの入っている小学生の初級クラスのほかに、中級《ちゅうきゅう》クラス、上級《じょうきゅう》クラスがあった。中学生のクラスも三つあった。そのほかにおとなのクラスもいくつかあるらしかった。わたしたちの初級クラスの授業は週に一回だけだったけれど、中級、上級になると週二回にふえるらしかった。

初級クラスには四年生が四人、五年生が三人、六年生が二人いた。五年生はわたしと、麦野《むぎの》さんという人と大下《おおした》くんという人だった。麦野さんも大下くんも学校ではちがうクラスだった。麦野さんはとても無口《むくち》な感《かん》じの人で、学校でも英会話スクールでも、わたしは麦野さんとまだほとんど口をきいていなかった。麦野さんの名前を呼《よ》んだだけで、麦野さんは顔をこわばらせて、くちびるをぎゅっとかみしめる、そんな感じの人だった。

麦野さんもわたしとおなじで、親にすすめられて通いはじめたんじゃないかな、とわたしは思っていた。

英会話スクールに通いはじめて二か月近くたつのに、自分が英会話を好きになりそうな感じはぜんぜんしなかった。いまでも、どうしてあのときママに「うん」といっちゃったんだろう、と後悔《こうかい》していた。

英語でなにかいおうとすると、普段《ふだん》自分のなかにある日本語のいろんな言葉の意味《いみ》がすうっとうすくなっていくような気がした。「アー　ユー　ハッピー?」ときかれたとき、「ハッピー」の意味はわかるのに、自分が幸福《こうふく》なのかどうなのかわからなくなった。ハッピー?　なんですか、それ、と思って、自分のなかの日本語の言葉をあれこれさがしてみたけれど、答えは見つからなかった。

白い花がちらほら咲いている木が立っている家はフェンスに囲《かこ》まれていた。カーポートにはグレーの車が一台とまっていた。窓はぜんぶしまっていて、どの窓にも内側《うちがわ》にレースのカーテンがかかっていた。

その家はT字路《じろ》に建っていた。ブリリアント英会話スクールのところからは見えていなかったけれど、そこからまた別《べつ》の方向《ほうこう》へ道がのびていた。そっちの道には古びた感じの家がぽつりぽつりとならんでいるのが見えた。昔からある通りみたいで、道の先はゆるくカーブしていた。

知らない道って、こうやってどこまでものびているんだなと思った。この道も先のほうではきっとまた別の知らない道につながっていて、その道もまたどこまでものびて、どこまでもどこまでも道はつづいているのだ。

何軒《なんげん》か先に「お好《この》み焼《や》き　小春《こはる》」の小さな立て看板が見えていた。ちょっと行ってみよう。わたしはその角をまがった。

さびたシャッターのおりた店があった。シャッターには「丸本自転車《まるもとじてんしゃ》」と書かれていた。そのとなりの、「たばこ」の小さな看板が軒下《のきした》にぶらさがった家のガラス戸には内側にカーテンがしめられていた。そのとなりは新しい住宅だった。玄関《げんかん》ドアが緑色《みどりいろ》でカーポートには子どもの自転車がとめられている。いつのまにかソースのいい匂《にお》いがただよってきていた。そのむこうどなりが「お好み焼き小春」だった。「お好み焼き」と染《そ》め抜《ぬ》かれたのれんが店先にさがっている。

小春の前を通りすぎても古びた家々はつづいていた。そしてところどころに、にょきっと新しい家が建っていた。

空っぽのショーウインドウが残《のこ》っている建物の壁《かべ》には「小田写真館《おだしゃしんかん》」と壁から浮《う》きあがった文字で書かれていた。「帽子《ぼうし》」と軒下に看板だけが残っている家もある。「オー」の文字だけを残してあとは砕《くだ》けてなくなっているプラスチックの看板を戸口に立てたままの家もある。

店先に立った赤白青のポールがくるくるとうず巻きみたいにまわっている「理容《りよう》イノ

シタ」はいまもやっていた。店内は明るくて、店の窓から散髪《さんぱつ》をしてもらっている人が見えた。

そのとき、人の声がきこえているのに気がついた。

女の人の声みたいだ。

声のほうに近づいてみると、そばの、木がしげっている庭《にわ》の奥《おく》からきこえているのがわかった。その庭はペンキのはげかけた白い柵《さく》に囲まれていて、その柵の手前には「喫《きっ》茶《さ》ダンサー」の看板がドアの上にかかっている店があった。ガラスのはまったドアの内側には黒っぽいレースのカーテンがかかっていて、店内は見えなかった。

柵には半びらきになった木の扉《とびら》がついていて、その扉に「どうぞお入りください」と青色のマジックで書かれた板《いた》がぶらさがっていた。

「いやだ。あたしはそんなところへは、ぜったいに入らないから」ときこえた。

えっ。どきんとした。

庭木《にわき》のむこうからだった。わたしにむかっていったんだろうか。

わたしは耳をすまして、木々にさえぎられて見えない庭の様子《ようす》をうかがった。

しんとしていた。

だれがいるんだろう。

わたしはぶらさがっている板をもう一度《いちど》見た。

それから足音を立てないようにして、そっと扉のあいだから庭に入っていった。しかられたら、すぐににげだすつもりだった。ちょっとだけ、のぞいてみたかった。


冷蔵庫《れいぞうこ》のなかだなんて。まっぴらごめんよ。冷蔵庫のなかはとても清潔《せいけつ》だけれど、ひどく寒《さむ》いじゃない。バターとも味噌《みそ》とも牛乳《ぎゅうにゅう》ともヨーグルトとも、とくに友だちになりたいと思ったことはないもの。干物《ひもの》だって、チーズだって、えらくいばってるじゃない。いつだって知らん顔してるんだから。

冷蔵庫のなかにいれば、そりゃあだれにも見つからないかもしれないけれど、そのまえに凍《こご》えちゃう。

もちろん洗濯機《せんたくき》のなかもいやよ。汗《あせ》くさい洗濯物《せんたくもの》のなかにまぎれるなんて、息《いき》がつまりそうだもん。タオルや下着《したぎ》や汚《よご》れたズボンは、みんなぐったりして口もきいてくれないと思うわ。それに、もしも洗濯機がうごきだしちゃったら、石けん水のなかでぐるぐる泳《およ》ぎつづけなきゃいけなくなるのよ。あたしはそのあと脱水《だっすい》されて、干《ほ》されるの?


木に囲まれた小さな庭にいたのは眼鏡《めがね》をかけたおばあさんだった。

その人はレンガ敷《じ》きのテラスに立っていて、庭のほうをむいてノートを読んでいた。声はときどき大きくなり、ときどきふるえた。

テラスの前には、おばあさんとむきあうように脚《あし》が鉄《てつ》でできている木のベンチがテラスのほうにむけて二つならべて置かれていた。でも、そこにはだれもいなかった。

その人がふとノートから目をあげた。そしてわたしを見た。

「あら」とその人はいった。

わたしは首をちぢめた。

「そんなところに立っていないで、いらっしゃい」

その人はノートを持《も》った手を上下にうごかした。丈《たけ》の長い花柄《はながら》のスカートをはいていて、やわらかそうな生地《きじ》のピンクのブラウスを着《き》ている。

「こんにちは」とわたしはいった。

「あいさつなんていいの。劇場《げきじょう》に入るときに、いちいちあいさつなんてしないでしょ」

「はあ」

わたしは庭を少し進《すす》んだ。

「こちらのお席におすわりなさい」

わたしはうなずいて、そろそろとベンチに近づき、お尻《しり》をちょっとベンチにのせた。

来るつもりなんてぜんぜんなかったんですけど、とその人にいいたかった。わたし、払《はら》えるお金も持ってないし。

「気にしなくていいのよ。遠慮《えんりょ》はいらないの。だれでも入ってきていい場所なのよ。表にそう書いてあったでしょ。いつだって入場無料《むりょう》よ」

その人は、わたしの気もちを読みとるようにいった。そしてまたノートを顔の前まであげた。


もちろん床下《ゆかした》の収納庫《しゅうのうこ》に入るのもいや。収納庫に入れられたものたちって、忘《わす》れ去《さ》られたものばかりよ。土鍋《どなべ》にしても、すきやき鍋《なべ》にしても、寿司桶《すしおけ》だって。すっかりカビてしまったものさえあるのよ。

それに床下は暗いでしょ。ネズミだって、ムカデだって、もしかしたらイタチだってうろついているんじゃないの。そんなものたちと知り合いになんかなりたくないわ。


わたしはそっと後ろのしげみをふり返った。イタチがいるような気が急《きゅう》にしたから。木の根元《ねもと》にはいろんな植物《しょくぶつ》が重《かさ》なりあうようにしげっていた。その手前にはいろんな大きさの植木鉢《うえきばち》がごちゃごちゃと重ねられている。

「その木はね、センダン。『センダンは双葉《ふたば》よりかんばし』っていう、あのセンダンだけど、あのセンダンは、ほんとはこのセンダンじゃなくてビャクダンらしいわよ。まあ、そういうことまでは知らなくてもいいかもしれないわね。まだあなた子どもでしょ」

「小五です」とわたしはいった。

その人はうなずき、それから「こっほん」と咳《せき》をした。


あたしはお外に行きたいの。隠《かく》れてばかりじゃ息がつまるもの。戸棚《とだな》のなかや、押《お》し入《い》れのなかもいや。流《なが》しの下はまっぴらごめん。天井裏《てんじょううら》はとても埃《ほこり》っぽいでしょ。ねえ、あたし、もう見つかってもいいわよ。大きく息を吸《す》える場所に行きたい。

お外に行って、高い木にのぼって、遠くを見ていたいの。そしたら、遠くの合図を見のがさなくてすむんじゃないかしら。


その人はノートから目をあげると、庭木の上のほうを見た。

「はい、これでおしまい。ありがとうございました」

その人は深《ふか》くおじぎをした。

わたしもいそいでおじぎを返した。

それから、よそのおうちにだまって入ってきちゃったことをあやまったほうがいいのかなと思ったので、「すみません」といった。

「あら、どうして？」とその人はいった。「朗読《ろうどく》をきいていただいて、どうもありがとう」

「あ、いえ」

わたしはぴょんとベンチから立ちあがった。

「よかったら、またいらっしゃい」

「だれが来てもいいんですか」

「そうよ。入場料はなし。さっきもいったわね。入場料の代《か》わりになにか持ってきてくださる人もいるけれど、子どもはそんなことは気にしなくていいの」

「はい」

「よかったらお名前を教えてくださる？　わたしはオワリです」

「畠山《はたけやま》朋です」

「そう」と、オワリさんはいった。

「ここは喫茶ダンサーなんですか？」とわたしはきいた。

「喫茶店《きっさてん》はもうやっていないのよ。いまは朗読だけしてるの。いつでもおいでなさい」

オワリさんはくちびるをきゅっと結《むす》んで笑顔をつくった。

「はい」

「そう？　じゃ、このつぎもいらっしゃる？」

「えーと」

どうこたえたらいいのかわからなかった。

「あのね、朗読は土曜日の午後です」

わたしはうなずいた。

「時間は、そうねえ、だいたい二時から」

わたしはまた、だまってうなずいてから「じゃあ、さようなら」といった。

「さようなら」

オワリさんはわたしにむかって深くおじぎをした。

わたしは向きを変えると庭を横切《よこぎ》り、入ってきた扉から道へでた。

わたしは来た道をもどっていった。T字路の角のところまでもどって、後ろをふり返った。遠くに理容イノシタの赤白青のポールが見えていた。その先は道がカーブしていて見えなかった。

わたしはゆっくり歩いて家に帰った。

2

金曜日の夜になると、わたしの頭のなかは喫茶《きっさ》ダンサーのことでいっぱいになった。一週間のあいだ、毎日のように、頭のなかには木に囲《かこ》まれたあの庭《にわ》が浮《う》かんでいた。あそこって、どういうところだろう、とそのたびに思った。「朗読《ろうどく》だけしてるの」と、あの庭にいたオワリさんという人はいっていたけれど、だれもきいてくれる人がいないときでも、あんなふうに、詩《し》のような、おはなしのようなものを読んでいるんだろうか。なんのために？

ママには、このまえの英会話《えいかいわ》スクールがお休みだったことはいっていなかった。ママからもなにもきかれなかった。スクールが休みだったことをママに話そうとすると、喫茶ダンサーと、あのおばあさんの話もしてしまいそうで、だけどその話はわたしはしたくなかった。なんとなく、いまは自分だけの秘密《ひみつ》にしておきたい気がしていた。行こうと思ったわけでもないのに、偶然《ぐうぜん》にあんなところへ行ったことがふしぎだった。するっと喫茶ダンサーの庭に入りこんでしまっていたのだ。あそこがどこなのか、ママにうまく説明《せつめい》できそうになかった。それに、もしかしたら子どもが勝手《かって》に行っちゃいけない場《ば》所《しょ》なのかもしれない、とも思った。

ママはわたしには、英語《えいご》を習《なら》っておくと将来《しょうらい》きっと役《やく》に立つよ、と英語がどんなに大切かを話したわりには、ママ自身《じしん》は英語にそれほど興味《きょうみ》をもっていないのかもしれなかった。

最初《さいしょ》の日に習った「エイプリル」を、その日家に帰ってから、わたしはママの前で発《はっ》音《おん》してみせた。マークス先生に教えられたとおり、Rの発音に気をつけて。

「お、すごい」とママはいった。でもそれだけだった。そのあとの二、三週は「どんなことを習ったの?」とママにきかれたけれど、「アー　ユー　ハッピー?」とか、「ウワット　イズ　ユア　ネーム?」と、わたしがその日習ったことを、できるだけマークス先生の発音をまねしてママにたずねても、ママは「ふーん」と大きくうなずくだけだった。何人くらい生徒《せいと》がいるの、とか、マークス先生って結婚《けっこん》してるのかしら、とはきかれたけれど。マークス先生が結婚しているのかどうか、わたしにはわからなかった。

「基礎《きそ》がとにかく大切」とママはいった。「発音がむずかしすぎる」とわたしがいうと、「きっと、そのうちなれるからだいじょうぶ」とママはいった。

だから、とわたしはベッドのなかで考えた。塾《じゅく》、一回くらいさぼっても平気《へいき》だよね。

それが、わたしのだした結論《けつろん》だった。

わたしは目を閉《と》じ、あの庭を思《おも》い浮《う》かべた。

あそこは明るく光があふれていたような気がする。「またいらっしゃい」とオワリさんはいった。オワリさんのピンクのブラウス。白髪《しらが》のまじった長い髪《かみ》は背中《せなか》にやわらかく束《たば》ねられていた。お化粧《けしょう》はしていなかったと思う。はっきりとした声で歌うように朗読していた。ときどき声がふるえていたのは、あれはわざとそんな読み方をしていたんだろうか。

もういっぺん、あそこに行ってみよう。

土曜日には家にはだれもいないはずだから、見つかりっこない。

ママの仕事《しごと》は木曜日と土曜日が休みだったけれど、ママが土曜日に家にいることはめったになかった。土曜日は、ママはとなり町で一人暮《ひとりぐ》らしをしているおじいちゃんの家に行くことにしていた。たまにおじいちゃんの家に行かない日もあるけれど、そういうときには、おじいちゃんにたのまれているいろんな用事《ようじ》をしたり、バーゲンをやっている遠くのスーパーマーケットに出かけたりしていた。

パパは土曜日も日曜日も出勤《しゅっきん》しなくてはならないから、もちろん家にはいない。お兄ちゃんも毎週土曜日の午後は部活《ぶかつ》で、昼ごはんを食べると、塾に行くわたしよりも先に家をでていく。土曜日に塾をさぼることなんて、ぜんぜんむずかしいことじゃなかったのだ。

わたしはリモコンで部屋《へや》の明かりを消《け》した。リモコンで部屋の明かりを消すのも、この家に来ておぼえたことの一つだった。


ママが話してくれたことによると、ママはずっとまえから一戸建《いっこだ》ての自分の家を持《も》ちたい、と思っていたのだそうだ。それは結婚まえからのママの夢《ゆめ》だったらしい。だけども、新しく家を建てるためには建築費用《けんちくひよう》のぜんぶではないにしても、ある程度《ていど》まとまったお金が必要《ひつよう》で、そのお金を貯《た》めるのに十五年もかかったの、とママはいった。ママはため息《いき》をつくように「十五年も、よ」といった。だけども、それでも、土地を買ってそこに新築《しんちく》の家を建てるには十分とはいえなかったので、ママは新築をあきらめて中古の家をさがしはじめた。そしてついに、築《ちく》十年《ねん》にしてはそれほど傷《いた》んでいないこの家を見つけたのだ。「六十坪《つぼ》という敷地《しきち》の広さがとにかく気に入ったし、キッチンと風呂場《ふろば》を

リフォームする予算《よさん》を入れても、新築の家を建てるよりずっと少ない金額《きんがく》ですむことも
わかったから」とママはいった。「眼鏡《めがね》にかなったってわけ」ともいった。
ママは家を買う決心《けっしん》をするまえに、パパといっしょに何度《なんど》も足をはこんで細かく家の
あちこちを見てまわった。お兄ちゃんとわたしを連《つ》れて、家族全員《かぞくぜんいん》で来たことも二度《ど》あ
る。そしてついに去年《きょねん》の十月に、両親《りょうしん》はこの家を買った。そのときには、ママのなか
では、お兄ちゃんとわたしの新学期《しんがっき》までに、家のリフォームも引《ひ》っ越《こ》しもおえられる計
画ができあがっていた。
「晴太《はるた》と朋《とも》に、それぞれ自分の部屋を持たせてあげたかったしね」とママはいった。
「これからは、みんなでちょっとずつ倹約《けんやく》しようね。ママもがんばって働《はたら》くから」
ママはほんとうにうれしそうだった。
わたしも広い家に住《す》めるのはうれしかったし、自分の部屋が持てるのもうれしかった
から、学校を変《か》わることなんてたいしたことじゃない、と思っていた。これまで毎日顔
をあわせていた友だちみんなと別《わか》れて急《きゅう》にひとりぼっちを味《あじ》わうのがどんな気がするこ
となのかは、じっさいに引っ越してみるまでわからなかった。
こっちに来てみてわかったことは、近所《きんじょ》には小学生が一人もいないことだった。住ん
でいる人たちの多くは年取《としと》っていた。中学生らしい人がときどき家の前を通ったけれ

ど、その人はお兄ちゃんより上の学年みたいだった。

わたしは目をあけた。

部屋は暗《くら》かった。下の部屋のドアがばたんとしまる音がきこえた。少ししてまたドアがしまる音がした。

じっと耳をすましていたけれど、それからもう音はしなかった。

3

土曜日の朝、ママは、わたしとお兄ちゃんのお昼ごはんを用意《ようい》しておいて、いつものように十一時ごろにはおじいちゃんの家に行ってしまった。

お昼ごはんは、ひじきごはんのおにぎりと卵焼《たまごや》きとウインナーだった。足《た》りなければ冷蔵《れいぞう》ピザも食べなさい、といわれていた。わたしのお皿《さら》にはおにぎりが二個《こ》と二切れの卵焼き、ロングウインナーが一本のっていた。お兄ちゃんのお皿には三個のおにぎり、三切れの卵焼きにロングウインナー二本だった。

野球部《やきゅうぶ》のユニフォームを着《き》たお兄ちゃんはテレビを見ながらおにぎりを二個食べ、三個目を食べているあいだにオーブントースターでピザを焼《や》いた。

ピザが焼きあがると、「食べる？」とわたしにきいた。

「ちょっと」とわたしはこたえた。

「うん」

お兄ちゃんはピザにナイフで切れ目をいれ、テーブルのまんなかに置《お》いた。

お兄ちゃんはテレビを見ながらピザを食べ、最後《さいご》の一切れを食べながら、「朋《とも》。たのむ、ぼくの皿も洗《あら》っておいて」と、ちらっとわたしを見た。

「いいよ」とわたしはいった。

あっさり「いいよ」とわたしがいうとは思っていなかったのか、お兄ちゃんは確《たし》かめるようにわたしを見て、それから「サンキュ」といった。

お兄ちゃんはグラスの牛乳《ぎゅうにゅう》をひと息《いき》に飲《の》みほしてから「これもね」と、グラスをテーブルに置いて立ちあがった。

「わかった」

お兄ちゃんはまた、けげんそうにわたしを見たけれど、やっぱりなにもいわずに、水筒やタオルなどが入っているバッグを持《も》ちあげた。

「じゃ」と、お兄ちゃんは帽子《ぼうし》をかぶった。

お兄ちゃんが部屋《へや》をでていくと、わたしはキッチンに入って、お鍋《なべ》に水とたまごを二個入れてガスレンジにかけた。

お皿やグラスをテーブルからシンクにはこび、ゆでたまごをつくりながら洗った。ときどき時計も見た。

塾《じゅく》は二時からなので、わたしはいつも一時半ごろに家をでることにしていた。ゆっくり歩いていっても、十分まえには教室に着《つ》いた。

オワリさんはたしか「朗読《ろうどく》は二時から」といっていた。いつもよりちょっと早く家をでれば、朗読がはじまるまえに、あの庭《にわ》に着けるはずだった。あの庭、と思うと胸《むね》がどきんとした。

洗った食器《しょっき》は布巾《ふきん》でふいて、キャビネットにしまった。ママから「食器はかならずキャビネットにしまうこと」といわれていたから。それはこの家に引《ひ》っ越《こ》してきてからできたルールだった。

玄関《げんかん》で靴《くつ》をぬいだら向《む》きを変《か》えてそろえておく。普段《ふだん》はかない靴はかならずシューズクローゼットにしまうこと。ママがたたんでくれた洗濯物《せんたくもの》は自分の部屋に持っていき、たんすにしまうこと。汚《よご》れた衣類《いるい》は、色ものと白いものにわけてそれぞれのかごに入れること。その二つのかごとは別《べつ》に、お兄ちゃん用の汚れたユニフォームとソックスを入れるかごもあった。

ルールはほかにもある。家のなかを汚れたソックスで歩きまわらないこと。洗面台《せんめんだい》を使《つか》ったあとは、かならずフックにかけてある専用《せんよう》のハンドタオルで飛《と》びちった水をきれいにぬぐうこと。

ママはときどき「そうだ。こんどから、シンクまわりの台ふきと、テーブルの台ふきはべつべつにするからね」と、新しいルールを思いついたりもした。わたしとお兄ちゃんは「ほら、そのソックス。汚れてる」とか、「だれ、洗面台をふいてない人は」などと、しょっちゅう注意《ちゅうい》された。わたしたちだけでなく、ママはパパにも「陽一《よういち》さん、ぬいだものはいっしょくたにしないで。あとでわたしがやることになるんだから。そんなの二度手間《にどでま》でしょ。時間は節約《せつやく》しないと。わたしだって忙《いそが》しいんですからね」と注意した。

「ほらまた」と、わたしたちはしょっちゅういわれていた。

ママが家をきれいに保《たも》つことにいっしょうけんめいなのは、この家がとにかく気に入っているからだとわかっている。「ほんと、めっけものだったわ」とママがいうのを何度きいただろう。

パパとお兄ちゃんがどう思っているのかはわからないけれど、わたしは、ママに「ほらまた」といわれると、ときどきいらいらした。いちいち注意されたくないよ、と思う。

わたしはできあがったゆでたまごを水で冷《ひ》やしてからハンカチにつつみ、それを塾バッグに入れた。

塾バッグは、まよったけれどやっぱり持っていくことにした。キッチンがわたしを見《み》張《は》っているような気がしたから。ママの思いどおりにきれいにかたづいているキッチンはママに告《つ》げ口《ぐち》をするような気がした。わたしはちゃんと、シンク用の台ふきでシンクまわりの水気《みずけ》をきれいにふき取っておいた。

「塾に行ってきまあす」

わたしはだれもいないキッチンにむかっていった。

わたしは塾に行く途中《とちゅう》で、急《きゅう》に気が変わる予定《よてい》だった。ほんとうは塾に行くつもりで家をでてきたんだけど、つい喫茶《きっさ》ダンサーのほうへ足をむけてしまうのだ。先週、英《えい》会話《かいわ》スクールのビルをでたあと、ふっと、あの道のむこうへ行ってみようか、と思ったときみたいに、ふっと、そう思いつくのだ。

まえの学校で友だちだったゆかりちゃんは、日曜日に遊《あそ》ぶ約束《やくそく》をしていても、日曜日の朝になると電話をしてきて「あのね、やっぱり遊べなくなっちゃった」ということがあった。どうして直前になって急に予定を変えたりできるんだろう、と、わたしはいつもおどろいた。そして、そういうのって、なんかかっこいいな、とも思った。わたしは、だれかと約束をすると、どうしたって守《まも》らなくちゃいけない気もちになってしまうから。ゆかりちゃんみたいに、わたしもふっと気もちが変わってみたいな、とずっと思っていた。

そしたら、先週、そうしようとは思わなかったのに、ふっと知らない道に入っていったのだ。そして、ふっとあの庭にも入った。

歩きながら、わたしはふふっとわらった。わたしだって、ふっと気が変わったりするんだよ、とゆかりちゃんにいいたい。でも、ゆかりちゃんにそういったら、きっとゆかりちゃんはなんのことだかわからなくて、「どういうこと?」とききい返《かえ》してくるだろう。

ゆかりちゃん、いまも気ままにいろんな約束を「ごめん、できなくなっちゃった」と断《ことわ》ったりしてるのかな。それでもゆるされるのが、ゆかりちゃんのすごいところだ。「ごめん、ごめん」と、ほんとうに申《もう》し訳《わけ》なさそうにいうゆかりちゃんは、どうしてだかゆるされてしまうのだ。

遠くに、ブリリアント英会話スクールのビルが見えてきた。近づいていきながら、だけど、と思った。「ふっと気を変える」ことをはじめから予定しているんだから、それはほんとの「ふっと」じゃなくて、予定どおりの「ふっと」でしかないのだ。なあんだ。

後ろから白い乗用車《じょうようしゃ》がわたしを追《お》いこしていった。

その車はブリリアント英会話スクールの前にとまった。助手席《じょしゅせき》のドアがあき、女の子がおりてきた。赤い塾バッグをさげた麦野《むぎの》さんだった。

さぼることがばれちゃう。足がとまった。

麦野さんは運転席《うんてんせき》のだれかにむかって二、三度うなずいてからドアをしめた。車がうごきだした。

麦野さん、こっちを見るかな。わたしはじっと麦野さんを見つめていた。麦野さんに見つかっちゃったら、わたし、もう塾をさぼったりできないよ。麦野さんといっしょに、いつものようにビルに入っていくしかない。

でも、麦野さんはこっちを見なかった。ビルの入り口のドアをあけて、なかに入っていった。ドアがゆっくりしまるのが見えた。

わたしはいそぎ足で英会話スクールのビルに近づいていきながら、ほかの生徒《せいと》の姿《すがた》が見あたらないか、周囲《しゅうい》を注意深《ちゅういぶか》く見まわした。だれもいないのを確認《かくにん》してから、わたしはすばやく英会話スクールのビルと郵便局《ゆうびんきょく》のあいだの道に入っていった。そして走ってビルから遠ざかった。

わたしの後《うし》ろ姿《すがた》がだれかに見られていなきゃいいけど、と思いながらブロック塀《べい》や生《い》け垣《がき》の前を走っていった。

T字路《じろ》の家の角もすばやくまがった。

それから走るのをやめた。すこし先にお好《この》み焼《や》き小春《こはる》の看板《かんばん》が見えていた。先週の土曜日とおなじように、通りはしずかで、先週とおなじように人通りはなかった。

わたしは道の端《はし》っこを歩いていった。

理容《りよう》イノシタの赤白青のポールが近づいてくるにしたがって、自分がとても悪《わる》いことをしているような気がしてきた。ゆかりちゃんが急に気を変えるのとちがって、いまわたしがしているのは人をだましていることなんじゃないのかなと思った。

マークス先生のことが頭に浮《う》かんできた。

「ザッツ　ライト」と、マークス先生は大きい声でいう。生徒が、先生の質問《しつもん》に自信《じしん》なさそうに小さい声でこたえると、先生は励《はげ》ますようにそういうのだ。わたしもいわれたことがある。

どうこたえればいいのかわからなくて、先生の顔を見ると、先生は笑顔《えがお》でわたしを見つめていて、わたしがあてずっぽうにこたえてみると、大きい声で「ザッツ　ライト」といったのだ。ほめられたのに、どっきんとした。

マークス先生は、わたしが二時になっても教室に現《あらわ》れなかったら、ママのスマホに電話するのだろうか。先生はママのスマホの番号《ばんごう》を知っているのかな。先生は日本語がかなり話せるから、「どうして、朋は休みましたか」と、きっと日本語でたずねるだろう。

そしたらママはどうこたえるのだろう。

わたしは立ちどまった。

やっぱり、塾に行ったほうがいいんじゃないかな。いまならまだ間に合う。

胸のなかが迷《まよ》いでいっぱいになった。

小田写真館の前で、わたしは向きを変えた。

だけども、足は一歩も前にでなかった。だって、ゆうべあんなに考えたんだもん、と思った。もう一度《いちど》、あのへんてこなおはなしをききに行こうと、塾をさぼるなんて簡単《かんたん》だ、とそう思ったのに。それをいまになって考えを変えるなんて。

それはやっぱりできないよ。わたしはまた向きを変えた。わたしはやっぱり途中でふっと考えを変えることなんてできなくて、予定どおり、あの庭に行くことにした。

マークス先生がママのスマホに電話をかけるとしても、それはきっと授業《じゅぎょう》がおわってからだろう。その電話をおじいちゃんの家で受《う》けてから、ママが、わたしがいるかどうかを確かめるために家に電話をしてくるにしても、きっとそのときには、もうわたしは家に帰っている。

ママに、どうしたの、とたずねられたら、頭が痛《いた》かったの、といおう。

喫茶ダンサーの前だった。

先週とおなじように、喫茶店のむこうの木の扉《とびら》はあいていた。扉の外に立って耳をすましてみたけれど、庭からオワリさんの声はきこえてこなかった。

ここで「ごめんください」といったほうがいいのかなとまよった。だれでも来ていいのよ、といわれたけれど、それでも勝手《かって》に入っていってもいいのかな、とまよう。このまえは知らずに入っていっちゃったけど。

わたしは「どうぞお入りください」と書かれている木の板《いた》を見つめた。

その文字をゆっくりと目で読んでから、「よし」と決心《けっしん》を固《かた》めて庭に入っていった。

「ごめんください」とわたしはいった。

オワリさんはテラスにいた。テラスの丸テーブルにノートをひろげていた。手にペンを持ったまま、オワリさんが顔をあげてわたしを見た。

うふっとオワリさんはわらった。「ごめんくださいなんて、いわなくていいのよ」

わたしは首をかしげた。ひどく恥《は》ずかしい気もちになった。

「朋さんだったわね」とオワリさんはいった。

「はい」と、わたしは小さい声でいった。

「来てくれたのね。もう二時？」

オワリさんはふり返って、少しだけあいているガラス戸のすき間から室内をのぞいた。

「二時までにあと五分くらいあるけど」

オワリさんはペンでノートをとんとんとたたいた。

わたしは塾バッグに手を突《つ》っこみ、ハンカチにつつんだゆでたまごを取《と》りだした。

「どうぞ」

え？　とオワリさんはわたしが差《さ》しだしたハンカチのつつみを見て、それから「あら」とわらった。「わたしがこのまえ、なにか持ってきてくれる人がいるのっていったからかしら？」

わたしはどうこたえていいかわからなくて、首をかしげた。

オワリさんは「そうなの？　悪いわね。じゃあせっかくだから、遠慮《えんりょ》なくいただきますね。どうもありがとう。では、そろそろはじめるわね。どうぞおかけなさい」といった。

このまえとおなじように、テラスにむかってベンチが二つならんでいた。

わたしはこのまえとおなじ、右側《みぎがわ》のベンチに腰《こし》をおろした。先週とちがって、こんどは深く腰をかけた。

オワリさんがノートを手に立ちあがった。


雨の夜。

コツコツコツ。ドアをノックする音がしたけれど、わたしはできればドアをあけたくなかった。

雨の夜にやってくる人なんて、きっとろくでもない人にきまっているもの。

そう思ったのに、ノックがつづくと、わたしはドアをあけずにはいられなくなった。

「どうしてさっさとドアをあけないの。どう見えるか知らないけれど、こっちはいそいでいるのよ」

入ってきたのは十年くらいまえにアパートのとなりの部屋に住《す》んでいた、そのころ刃物店《はものてん》で研《と》ぎ師《し》の見習《みなら》いをしていた女だった。家にずかずかと入ってくるなり、「まず緑《りょく》茶《ちゃ》を一杯《ぱい》」とその人はいった。

わたしはポットでお湯《ゆ》をわかし、お湯を湯ざましについでさめるのを待《ま》った。

「いまでも研いでいるの？」とわたしがたずねると、

「いまは植《う》えているの。畑《はたけ》一面《いちめん》にネギを」とその人はいって、リュックをおろすとネギの束《たば》を取りだしてわたしにくれた。

「わざわざネギを届《とど》けにきてくれたんですか」とたずねると、

「そうじゃなくて、なんとなく、この家ではお茶を飲ませてもらえるんじゃないかと思ったからよ」とその人はいった。

わたしはお湯がさめたのを見はからって、茶葉《ちゃば》を入れた急須《きゅうす》についだ。

「わたし、研いだりしたことはありませんよ」とその人がいったので、わたしはびっくりして、「あなたはだれ？」とたずねると、「わたしはベナリッチ・カンテクラ」と、きいたこともない名前をいった。

この人は知り合いなんかじゃなかったんだ、と気づいたけれど、わたしはお茶を湯のみにつぐと、その人の前にだした。

その人はゆっくりと味《あじ》わってお茶を飲み、「あー、おいしかった。夜の緑茶は格別《かくべつ》ですわね。

ここまでネギをしょってきたかいがあったわ」といった。

それから、その人はネギのリュックをせおい、ドアをあけてでていった。

その人が残《のこ》していった雨のしずくで床《ゆか》があちこちぬれていた。わたしは雑巾《ぞうきん》でしずくをふいた。雨の音が急に強くなったようだった。わたしはしばらく研ぎ師の見習いをしていた人のことを考えていたけれど、結局《けっきょく》名前は思いだせなかった。


オワリさんはノートを閉《と》じた。

わたしはそうするのがいいのかどうかわからなかったけれど、拍手《はくしゅ》をした。

「どうもありがとう」

オワリさんは頭をさげた。

わたしは「研ぎ師」というのがどんな仕事《しごと》なのか想像《そうぞう》もつかなくて、オワリさんにたずねてみたかったけれど、そんな質問をしていいのかどうかわからなくて、膝《ひざ》の上に置いた塾バッグをぽんぽんとたたいた。それに、ベナリッチなんとかって人はどこの国の人だろう、と思ったけれど、そんなこともきいちゃいけないような気がした。

「さ、じゃあ、こちらに」

オワリさんはわたしが渡《わた》したゆでたまごがのっているテラスの丸テーブルに、わたしを招《まね》いた。

わたしは丸椅子《まるいす》に腰をおろした。

「では、さっそくゆでたまごをいっしょにいただきましょう」

オワリさんとむかいあって、わたしは自分が持ってきたゆでたまごの殻《から》をむいた。

「そうだ、お塩《しお》」と、オワリさんは立って家のなかに入っていった。

わたしは庭の様子《ようす》をあらためて見た。背《せ》の高い木が何本も庭を取《と》り囲《かこ》んでいる。それぞれの木の枝《えだ》がひろがって互《たが》いにからみあってもいる。太い幹《みき》に苔《こけ》の生えた木もある。このまえ「センダン」と、オワリさんが教えてくれた木の葉陰《はかげ》に小さな花が咲《さ》いている。

家のなかからオワリさんがお盆《ぼん》を持ってでてきた。お盆にはお塩を入れた小皿《こざら》と、グラスが二つと、お水の入ったガラスのピッチャーがのっていた。

「朋さんはひさしぶりのお客《きゃく》さんよ」とオワリさんはいった。

「あ、はい」

オワリさんはわたしにお塩をすすめてくれ、自分もたまごの殻をむきはじめた。

「だれも来なくても、おはなしを読むんですか？」

「そうよ」

オワリさんは、きょうは水色の細いストライプのブラウスを着ていた。髪《かみ》の毛《け》を一つの三《み》つ編《あ》みにして背中《せなか》にたらしている。

「それは、そうすることにきめているからですか」とわたしはきいた。オワリさんも、そうしようときめたら、その予定をあっさり変えたりできない人なのかな、と思ったから。

「え?」と、オワリさんは首をすくめた。「そうねえ。読みたいからかなあ」

オワリさんはむいたたまごにお塩をつけると、ひと口かじった。「おお、半熟《はんじゅく》ね。すばらしい」

ほんとにうれしそうにオワリさんはいった。

どこかで小鳥がチーチー、チクチク鳴いているのがきこえていた。ときどき風がふいて、庭の木がさわさわと音を立てた。

「さっきのおはなし、オワリさんがつくったんですか?」

「そうよ」

オワリさんはわたしを見て、指先《ゆびさき》でくちびるをぬぐった。

「ずっとまえに書いたものを読むこともあるのよ。くり返し読んだりもするの。なにしろ、わたし、読むのが好《す》きなのよ」

オワリさんはさもおかしそうにわらった。「あのね、ただ好きだからやってるの。そういうのってへんかなあ。きいてくれる人がだれもいなくても、わたし平気《へいき》なの。もちろん、いてくれればそのほうがうれしいけど」

わたしはゆでたまごを食べおえると、オワリさんがグラスにそそいでくれた水を飲んだ。

「さっきのおはなし、ふしぎなおはなしでした」

「そうだった？」

オワリさんはうれしそうに目を細めた。それから「えーと」と、わたしの顔をじっと見つめた。「朋さんは、この近くに住んでいるの？」

「春休みに明星団地《みょうじょうだんち》に引っ越してきました」

「この春休みに？　ああ、そうなの」

オワリさんは大きくうなずいた。それからまたもう一度うなずいた。「それで、偶然《ぐうぜん》、この庭のことがわかったの？」

「はい。こっちの道に来たのははじめてなので」

「そう。じゃあ、また来てくれる？　もしもよかったら、だけど」

「はい」とわたしは返事《へんじ》した。塾のことはなんとなく口にできなかった。土曜日には塾があるといってしまうと、それなら無理《むり》して来なくていいわよ、といわれそうな気がしたから。

風が庭を通《とお》り抜《ぬ》けた。木々がいっせいにざわざわと音を立てた。わたしの髪の毛もふわっとゆれた。

「きいてくれる人がいると、やっぱり気分がちがうわねえ」とオワリさんはいった。

「以前《いぜん》は、ご近所《きんじょ》の方や、お友だちも来てくれていたんだけど、みんなだんだん年を取っちゃって。家からでるのがおっくうになった方もいるし、施設《しせつ》に入った方もいらっしゃるしで、ききに来てくれる人が少なくなってたの」

わたしはだまってうなずいた。

「朋さんのお友だちもこんど連《つ》れてきてくださる？　若《わか》い人が来てくれるのはうれしいから」

「友だちですか」

「そうか。こっちの学校に転校《てんこう》してきたばかりだもんね」

わたしは目を下にむけた。おなじクラスの、前の席の菱本《ひしもと》さんとは最近話《さいきん》すようになったけれど、菱本さんを友だちと呼《よ》んでもいいのかどうかわからなかった。麦野さんは友だちなんだろうか。

目をあげると、オワリさんはほほえんでいた。「友だち、そのうちにきっとできるわよ」

「はい」

「ゆでたまご、ごちそうさま。でも、こんどからはなにも持ってこなくていいのよ。子どもが気をつかっちゃだめ。じゃ、きょうはこれでおしまいです」とオワリさんはいった。

わたしは立ちあがった。

「さようなら」とオワリさんにいった。

「さようなら」とオワリさんもいった。

わたしはテラスから庭におりた。オワリさんがわたしを見送《みおく》っているような気がしたけれど、わたしはふりむかずにそのまま芝生《しばふ》の庭を歩いて、あいたままの木の扉から道にでた。

来た道をもどりながら、きょうきいたお話のことを考えてみようとしたけれど、なにをどう考えればいいのかわからなかった。頭のなかが白い霧《きり》のようなものでいっぱいになったみたいで、ぼやっとしていた。

T字路にぶつかって角をまがり、生け垣の前を通りすぎ、ブロック塀の前をゆっくりと歩いていった。

ブリリアント英会話スクールのビルまで来ると、いそぎ足で通りすぎた。ビルのガラスのドアを通して英会話スクールのドアが見えた。

教室ではみんなが声をあわせて英語《えいご》でなにかいっているのかもしれなかったけれど、外まではきこえてこなかった。

4

ママとパパがけんかをした。

それは、ほんとはけんかというほどのことじゃなくて、わたしがそんなふうに感《かん》じただけだったのかもしれない。

そのとき、わたしはリビングのソファにいて、となりにお兄ちゃんもすわっていた。

八時すぎに帰ってきて一人で食事《しょくじ》をしているパパに、ママが「ことしの陽一《よういち》さんの誕生日《たんじょうび》のことだけど、水曜日なのよね。わたしは仕事《しごと》の日だし、あなたもきっと帰りが遅《おそ》くなるでしょうから、悪《わる》いけど、お誕生会はなしにしてもいいかしら。それとも、火曜日のあなたのお休みの日にしましょうか。わたしは火曜日も仕事だから、たいしたことはできないけれど」といった。

「べつに、なにもしてくれなくていい」

そう返事《へんじ》したパパの声はとても低《ひく》かった。わたしはダイニングテーブルの二人を見た。

二人はむかいあってすわっていた。わたしたちといっしょに食事をおえていたママはテーブルにスーパーマーケットのチラシをひろげていた。

「あら、気を悪くしないで」とママはいった。「わたしはほら、帰ってくるのがどうしても六時近くになっちゃうから特別《とくべつ》なお料理《りょうり》はできそうにないって、そういう意味《いみ》なの。あ、それとも、お刺身《さしみ》だけは買って帰りましょうか」

わたしは顔をテレビのほうにもどした。テレビではサスペンスドラマをやっていて、暗《くら》い夜道が映《うつ》しだされていた。ネギをしょった女の人はこういう暗い道を長いあいだ歩きつづけて、そしてあの家のドアをノックしたのかな。ベナなんとかって名前からして、外国の人なのかもしれない。いや、そうじゃなくて、そういう名前の日本人かもしれない。わたしの頭にはまだ、このまえきいたおはなしが残《のこ》っていた。おはなしをきいたときに頭に浮《う》かんでいたのは暗い道と、ネギがのぞいているリュックを背負《せお》ってる女の人の姿《すがた》だった。朗読《ろうどく》をききながら、その人の後《うし》ろ姿《すがた》がだんだん遠ざかって、暗やみのなかへと消《き》えていくところを想像《そうぞう》していた。

「これまでだって」と、パパの低い声がした。「おれの誕生日の祝《いわ》いなんて、まともにやってくれたことなんかなかっただろ。あらためて簡単《かんたん》にすませたいなんていわれたら、まるで、これまで毎年、派手《はで》な誕生会をやってきたみたいにきこえるよ」

ぱちんと、はしを置《お》く音がした。その「ぱちん」には怒《いか》りみたいなものが込《こ》められている気がした。

え、と思って、わたしは思わず首をちぢめた。

それから首をひねってパパを見た。

パパは疲《つか》れた顔をしていた。きょうだけじゃなく、最近《さいきん》のパパはどことなくぐったりしているように見える。まえに比《くら》べて通勤《つうきん》時間が長くなったからかもしれなかったし、もしかしたら、仕事でなにか困《こま》ったことが起《お》きているのかもしれなかった。仕事のことについて、パパは家ではなにも話さなかった。

「それ、どういう意味？」

ママが高い声でいったときには、パパはもう立ちあがっていた。

わたしはとなりにすわっているお兄ちゃんの脇腹《わきばら》をつついた。たいへんだよ、といいたくて。

サスペンスドラマを見ていたお兄ちゃんは、うるさそうにわたしの手を払《はら》いのけた。

「待《ま》って」

ママがさっとうごいて、パパの前に立ちはだかった。

「わたしはこれでも、子どもたちの誕生日も、陽一さんの誕生日も、どんな献立《こんだて》にしたら喜《よろこ》んでもらえるかと、毎年頭を悩《なや》ませているのよ。そりゃあ、わたしの料《りょう》理《り》なんて、レストランの料理にはかないませんよ。でもね、これでも」

パパはしゃべりつづけるママを腕《うで》で押《お》しのけ、リビングをでていった。ドアがばたんとしまった。

ママはくるっと向《む》きを変《か》えると、足音を立ててキッチンに入っていった。もしかして包丁《ほうちょう》とか取《と》りだしたりはしないよね、と急《きゅう》にこわくなって、わたしは立ってキッチンをのぞきに行った。サスペンスドラマだと、そんなことをする人がときどき登場《とうじょう》するから。

ママは冷蔵庫《れいぞうこ》をあけ、なかから炭酸水《たんさんすい》のペットボトルを取りだした。ママは炭酸水が好《す》きだ。うちの冷蔵庫には炭酸水のボトルがいつも二、三本入っている。

ママはプシュッとキャップをあけると、ボトルに口をつけ、ぐいぐいと飲《の》んだ。目は天井《てんじょう》をにらんでいた。

よくそんなに一気に炭酸水を飲むことができるなとおどろいて見ていると、ママはわたしに目をむけ、飲むのをやめた。それから飲みかけの炭酸水のボトルにキャップをして冷蔵庫にもどした。

「献立を考えることも家事《かじ》の一つだってことが、どうしてわかんないんだろう」

ママはキッチンからでてくると、わたしの前を通って、どさっとソファの、さっきまでわたしがすわっていた場所《ばしょ》に腰《こし》をおろした。同時に、お兄ちゃんがソファから立ちあがった。

「勉強《べんきょう》？」とママがきいた。

「まあ」

お兄ちゃんはドアにむかいながら小さい声でこたえた。お兄ちゃんはいまのママからは離《はな》れたいんだな、とわたしにはわかった。

「お風呂《ふろ》、入るね」と、わたしはママにいった。

「どうぞ」

そういったママの声はとても暗かった。

わたしはもう少しそばにいて、ママといっしょにテレビを見てあげるほうがいいのかな、と思ったけれど、でも、わたしはまた塾《じゅく》をさぼっちゃおうかなと考えはじめていたので、その考えをママに見透《みす》かされたくなかったから、ソックスをはいた足をすべらせるようにしてお風呂にむかった。ソックス、たしか、そんなに汚《きたな》くはなかったはずだけど、と脱衣所《だついじょ》でソックスの裏《うら》を確《たし》かめると、うっすら汚《よご》れていた。

マークス先生は、わたしが先週休んだことをママに電話で伝《つた》えてはいないみたいだった。ママもわたしに、塾のことについてなにもきかなかった。ママはいろんなことで頭がいっぱいなんだと思う。この家のローンのことや、新しい職場《しょくば》でのいろんなことや、おじいちゃんのことや、ほかにも、いろいろ考えることがあるみたいだった。それにパパの誕生会のこと。

お風呂で体を洗《あら》っているあいだに、やっぱりこんどの土曜日もオワリさんの庭《にわ》に行ってみようかな、と考えはじめていた。マークス先生はきっと、欠席《けっせき》した生徒《せいと》の家族《かぞく》にいちいち電話をかけて欠席の理由《りゆう》をきいたりしない人なのだ。

今週になってから、学校で麦野《むぎの》さんを二度《ど》見かけた。一度目は火曜日で、音楽室への移動中《いどうちゅう》に、麦野さんのクラスの横《よこ》を通りかかったときだった。ちょうど麦野さんが教室からでてきたのだ。わたしはどきんとした。なにもいわずに手を肩《かた》の高さまであげると、麦野さんもおなじように手をちょっとだけあげた。

わたしは、もしも学校で麦野さんに「土曜日はどうしたの?」ときかれたら、「ちょっと用事《ようじ》があったの」とこたえようと思っていた。でも麦野さんはなにもたずねなかった。いま考えると、「ちょっと用事」といういい方は「ほんとの理由はいえないの」といってるのとおなじだし、「塾を休んだほんとの理由はいえない」というのは、それは「ずる休みした」といってるのとおんなじだ。

二度目に麦野さんを見かけたのは今朝だった。運動場《うんどうじょう》を校舎《こうしゃ》にむかって歩いているとき、空色のランドセルを背負った麦野さんが昇降口《しょうこうぐち》に入っていくのが見えた。わたしは麦野さんに追《お》いついたりしないように歩く速度《そくど》を落《お》とした。麦野さんはふり返《かえ》らなかった。

お風呂からあがってリビングに行くと、パパとママはダイニングテーブルでまたむかいあっていた。二人ともむずかしい顔をしていた。

わたしは足音を立てないようにキッチンに行って、冷蔵庫から麦茶のポットを取りだした。グラスに冷《つめ》たい麦茶をついで飲みほし、ポットを冷蔵庫にもどそうとしたとき、冷蔵庫のなかにビワのパックがあるのを見つけた。もしもこのパックがこのまま土曜日まであったら、オワリさんにビワを持《も》っていってあげるというのはどうだろう、と考えた。パックごと持ちだしたりするとママにあやしまれるから、いくつか取りだして小さなポリ袋《ぶくろ》に入れて持っていこう。やっぱりなにか持っていかなきゃ、あの庭に入ってはいけない気がする。

わたしは冷蔵庫をしめた。

「おやすみなさい」

わたしはテーブルの二人にいった。

「おやすみ」とパパがいった。

「宿題《しゅくだい》は？　すんだの？」と、ママがわたしを見た。ママはわたしをしかるときみたいに、眉《まゆ》のあいだにしわを寄《よ》せていた。

「うん」

わたしは大きくうなずいてみせた。

「去年《きょねん》のパパの誕生日にママがつくったミートローフ。まんなかに、うずらのたまごがずらっと埋《う》めてあったよね」

ドアにむかいながら、わたしはいった。「おいしかったよお」

ドアをあけてリビングをでようとしたとき、後ろでママが大きなため息《いき》をつくのがきこえた。

でもわたしはふり返らなかった。わたしのことで、ため息をついたんじゃないとわかっていたから。

もしかしたらあれが原因《げんいん》かもしれないけど、と思いながらわたしは階段《かいだん》をのぼった。

この家に引《ひ》っ越《こ》してきてから一か月くらいたったときに、パパが「友だちが引っ越し祝いをしようといってくれているんだけどな。この家にみんなを招《まね》いてホームパーティをしようと思ってるんだけど、どうかな」と、ママにたずねたことがあった。

ママは「えー、パーティ?」と、あきらかにいやそうな声できき返した。「だれを招くんですか?」

パパは五人くらいの人の名前をあげた。わたしも知っているパパの昔《むかし》からの友だちの名前もあった。わたしが小さかったころに、その人の家族といっしょに遠くのダム湖《こ》の近くでキャンプをしたことがあった。いっしょに海水浴《かいすいよく》に行ったこともあった。

「バーベキューでもしようよ」とパパはいった。

「うちのバーベキューセットはもう古いのよ。するなら新しく買《か》い替《か》えなきゃいけないし、それにそのほかにもいろんなものを準備《じゅんび》しなきゃいけなくなるでしょ? ちょっとそういうのは勘弁《かんべん》してほしいなあ」とママはいった。「あなただけ、外でその人たちといっしょに食事会をしたらどう？　わたしは、そういうことはあんまりしたくないの、この家では」

「そうなのか」とパパはいった。「この家のことは、なんでもきみがきめるんだな」

そのあと、「だいたいあなたって人は自分勝手《じぶんかって》でしょ」とか、「自分だけでなにもかもきめて、それがいちばんいい考えだと思いこむのはまちがいだろう」とか、「パーティなんて気分じゃないのよ」とか、「友だちの気もちを無視《むし》するのか」とか、「だれが料理すると思ってるの」とか、いいあらそいはつづいた。

それは、家を買うまでのあいだに、それぞれの胸《むね》のなかにためこんでいた不満《ふまん》みたいなものがいっぺんに噴《ふ》きでたみたいなけんかだった。家を買ったからってみんながハッピーになるってわけじゃないんだ、と、わたしは二人のいいあらそいをアイスクリームを食べながらきいていた。

パパは、ものごとを決定《けってい》する立場をママにうばわれたみたいないい方をした。「わかったよ。もういいよ。なにもかも、家のことはきみの思いどおりにすればいい」と、最後《さいご》にはうんざりしたようにいっていた。

もしかしたら、あれからなのかもしれない。家でのパパはどことなく疲れたような顔をしている。

二階《かい》にあがると、お兄ちゃんの部屋《へや》のドアが少しあいていた。お兄ちゃんにはドアをきちんとしめない癖《くせ》がある。通りすぎていきながらドアのすき間から部屋のなかを見ると、お兄ちゃんはベッドの上で眠《ねむ》っていた。

5

ママはお昼ごはんがすむと、リビングのパソコンの前にすわった。土曜日だけれど、きょうはおじいちゃんの家に行かないつもりらしい。

ママは午前中もパソコンの前にすわっていた。ずっとなにかを検索《けんさく》しているようだった。だれかのブログを読んだり、商品《しょうひん》カタログのページをのぞいたり、料理《りょうり》のページを見たりしていた。ママは、パパの誕生日《たんじょうび》の献立《こんだて》のヒントをさがしてるんじゃないかな、とわたしは思った。ママはやっぱり誕生会をするつもりなのだ。

ママが家にいるとわかって、わたしはお昼ごはんを食べながら、やっぱりきょうは塾《じゅく》に行ったほうがいいんじゃないかな、と考えた。

お兄ちゃんはチキンとキャベツのスパゲティを、いつものようにユニフォーム姿《すがた》でテレビに目をむけながら食べ、食べおえると、ママが家にいるからか、だまって自分の食器《しょっき》をシンクにはこんで洗《あら》った。そして、いわれているとおりに布巾《ふきん》でふいてキャビネットにしまった。

お兄ちゃんは野球帽《やきゅうぼう》をかぶると、ママのほうは見ずに「行ってきます」といって、部屋《へや》をでていった。

「はい、行ってらっしゃい」

パソコンの前でママは返事《へんじ》した。

ママの背中《せなか》を見ながら、わたしは食器を洗った。キャビネットにお皿《さら》とグラスとフォークをかたづけてから、音を立てないように冷蔵庫《れいぞうこ》の扉《とびら》をあけた。それからママを見る。ママはパソコンにむかっている。

冷蔵庫のなかで、ビワのパックは手つかずのまま冷《ひ》えていた。両手《りょうて》でパックをそっと取《と》りだして、かぶせてあるセロファンを音を立てないように注意《ちゅうい》してはがした。

ママがふり返《かえ》ってわたしを見た。

「ビワ、食べていい?」とわたしはきいた。

いいわよ、とママはうなずき、またパソコンのほうをむいた。

わたしはまず三個《こ》取りだし、それからまた二個取りだした。パックにもとのとおりにセロファンをかぶせて、冷蔵庫にもどした。

取りだしたビワはポリ袋《ぶくろ》に入れた。袋を体で隠《かく》すようにしてキッチンからでると、ダイニングテーブルの椅子《いす》に置《お》いていた塾バッグにすばやく入れた。

「じゃ、行ってきます」と、わたしはママの背中にむかっていった。

「うん。行ってらっしゃい」と、ママはわたしを見た。

パソコン画面《がめん》には料理レシピのページがでていた。


遠くに英会話《えいかいわ》スクールの看板《かんばん》が見えてくると、また迷《まよ》いがでた。このまえみたいに麦《むぎ》野《の》さんを乗せた車が来てビルの前にとまったりしたら、きょうは麦野《の》さんといっしょにビルに入っていきそうな気がする。二週つづけてさぼるのは、やっぱりまずいでしょう。ばれるよね。ばれたら、どうなる?

気もちが二つに分かれたままビルに近づいていったけれど、麦野さんを乗せた車は来なかった。もしかすると麦野さんはもう教室に入ったあとなのかもしれなかった。

わたしは英会話スクールのビルと郵便局《ゆうびんきょく》のあいだの道に入っていった。それから急《きゅう》にいそぎ足になってブリリアント英会話スクールから遠ざかっていった。後ろをふり返らずにＴ字路《じろ》のところまで行き、そこをまがる寸前《すんぜん》、すばやく来た道をふり返った。

英会話スクールのビルまでは四、五十メートルほどしか離《はな》れていないのに、そっちがぼやっとかすんでいる気がした。あれ、と思った。いつのまにか、道に霧《きり》のようなものがたちこめてきたみたいだった。霧を通して、ビルの前に男の子が立っているのがぼんやり見えた。こっちを見ているみたいだった。脇田《わきた》くんかもしれなかった。

わたしはあわててＴ字路をまがった。

四年生の脇田くんは英語《えいご》が好《す》きみたいだった。マークス先生がゆっくり英語でなにかいうとき、脇田くんは先生の口元をじっと見つめている。そして先生の発音《はつおん》をできるだけまねて大きい声で発音するので、先生にいつも「グレイト」とほめられている。ほめられると、脇田くんは恥《は》ずかしそうにくねっと体をよじる。

脇田くんは五年生になったら、きっともっと英語が上達《じょうたつ》して、単語《たんご》なんかもたくさんおぼえて、そして中学生になったときには英語が得意《とくい》科目になっているんじゃないかな。

脇田くん、わたしのことをマークス先生に告げ口《つぐち》するだろうか。するかもしれない。脇田くんなら無邪気《むじゃき》に「畠山《はたけやま》さん、よそのほうに歩いていってました」といっちゃうかもしれない。

それはよくない、と思う。とてもまずい。

一瞬《いっしゅん》、足がとまった。

だけど、と考えた。そうしたいの？　英会話スクールに行きたいの、と自分にたずねてみた。わたしは、来た道をひき返す気にはぜんぜんならなかった。

そして顔をあげると、あれ、と思った。この道、このまえ来たときとはちょっとちがっちゃっている。

目の前の店の軒先《のきさき》には、ほうきや、じょうろなどが吊《つ》るされていた。このまえ来たときには、このお店がここにあることには気づかなかった。台の上に竹のざるや、かごがならんでいる。店のなかの棚《たな》にはアルミのお鍋《なべ》の大小がならんでいる。土間にはいろんな種類《しゅるい》のホースが巻《ま》きつけられた木のリールがいくつか。大きさのちがう金属製《きんぞくせい》のバケツ、なんに使《つか》うのかわからない熊手《くまで》みたいなもの。ホームセンターで売っているような品《しな》が取りそろえられている店だった。

店のなかで、ロープの長さを物差《ものさ》しのようなもので測《はか》っていたおじさんがわたしを見た。わたしは知らないうちに店内をのぞきこんでいたのだ。

「いらっしゃい」とおじさんはいった。「おつかい？　なにがいるの？」

腰《こし》を伸《の》ばしておじさんはきいた。

「あ、ちがいます」

わたしは頭をさげると、いそいで店の前を離れた。

目を遠くにむけると、道がカーブするあたりに、散髪屋《さんぱつや》のサインが見えていた。このまえ見たときには、たしか店の前に赤白青のポールが立ててあったと思うけれど、いま見えているのは小さくて、壁《かべ》に取りつけてある。

えーと、どうだったっけ、と急に記憶《きおく》がぼやぼやとしてきた。たしか、この道だったはずなんだけどなあ。ちがっちゃったんだろうか。ブリリアント英会話スクールのビルからさっきのT字路のところまでに、ほかに曲《ま》がり角《かど》はなかったはずだけど。

わたしは食堂《しょくどう》の前まで来ていた。戸口に「あかしあ食堂」と染《そ》め抜《ぬ》かれたのれんがさがっていた。かすかに、おうどんかおそばのいい匂《にお》いがしている。入り口の横《よこ》にガラスケースがあって、ステンレスのお皿に盛《も》られたカレー、スパゲティ、サンドイッチなどがならんでいる。本物《ほんもの》そっくりだけれど、それは本物じゃない。食品《しょくひん》サンプルっていうものだ。にせものの鍋焼《なべや》きうどんはアルミのお鍋に入っている。かまぼこと、しいたけと、ネギと、たまごと、お肉が二切れくらい。本物そっくりだけど、これもにせもの。

ガラスケースをのぞきこんでいると、突然《とつぜん》食堂の戸があいて人がでてきた。つまようじをくわえたおじさんで、タオルを頭に巻いている。わたしはあわててガラスケースから離れた。

そのとなりには新聞販売店《しんぶんはんばいてん》があった。縦長《たてなが》の、つるつるしたホーローみたいな看板が入り口の柱《はしら》にくっつけてある。

それから「染《そ》め・洗《あら》い張《は》り」の看板の店があって、そのとなりの店は帽子屋《ぼうしや》だった。ショーウインドウには男性《だんせい》用や女性《じょせい》用のいろんな帽子が飾《かざ》ってあった。店のなかのショーケースにもいろんなデザインの帽子がならべてあって、いちばん目立つ場所《ばしょ》に羽根《はね》飾りがついたつば広の帽子が飾られていた。

道の反対側《はんたいがわ》には、おなじ造《つく》りの平屋《ひらや》の家が何軒《なんけん》もならんで建《た》っていた。よく見ると一つの家はまんなかから二軒に分かれているみたいだった。ガラスのはまった格子戸《こうしど》と窓《まど》がそれぞれ右と左に対称《たいしょう》についている。

「井下理髪店《いのしたりはってん》」と書かれた店の前を通りすぎる。このまえ来たときには散髪屋の壁はタイルだったような気がするけれど、いま見ると板張《いたば》りだ。

わたしはなんだか迷子《まいご》になったような気もちになった。知ってる、と思っていたはずの景色《けしき》がどことなくくちがっちゃってる。

そして、あるはずの喫茶《きっさ》ダンサーがなかった。

たしかにここらあたりだったんだけど、と周囲《しゅうい》を見まわしたとき、目の前のレンガ塀《べい》の上に足が見えた。

わたしの背《せ》より少し高い塀の上に立っていたのは女の子だった。両手を腰にあててわたしを見おろしている。

「あのね、ダンサーって名前の喫茶店がどこにあるか知らない?」とわたしはたずねた。

女の子は首をふった。

わたしはレンガ塀に沿《そ》ってゆっくりと歩いていった。積《つ》まれているレンガとレンガのあいだには緑《みどり》の苔《こけ》がにじむように生えていた。塀にはわたしの目の高さにところどころ小さな穴《あな》があった。そこだけレンガが斜《なな》めにはめられている。通りすぎていきながらその小さな窓からすばやく塀のなかを見た。庭木《にわき》がごちゃごちゃとしげっていた。その奥《おく》に、軒の深《ふか》い家が見えていた。

塀が切れると、その先は小さな畑《はたけ》だった。畑と道との境《さかい》に、間隔《かんかく》をあけて木の杭《くい》が打《う》ちこまれていて、杭と杭のあいだには針金《はりがね》がわたしてあった。畑には列《れつ》ごとにいろんな種類の野菜《やさい》が植《う》えられていた。一列、つんつんとまっすぐ葉《は》が伸びている野菜もあった。たぶん、あれはネギだ。

畑にはだれもいなかった。畑の先には木造《もくぞう》の小屋《こや》みたいな家があった。屋根《やね》が茶色くさびている。

わたしはさっと後ろをふり返った。

さっきの女の子はまだ塀の上にいて、首を伸ばしてこっちを見ていた。

わたしは向《む》きを変《か》えると、ゆっくりともどっていった。

塀の上の女の子はチェック柄《がら》のズボンをはいた両足《りょうあし》をぴっちりとくっつけて立っていた。

その真下《ました》まで行って、その子を見あげ、「グッド　アフタヌーン」とわたしはいった。

その子はけげんそうにわたしを見て、それから空のほうに目をやった。

「そこで、なにごっこをしてるの？」

塀の上に立っているなんて、へんな子だなと思った。

「ごっこじゃないの。練習《れんしゅう》」と、その子はつんとしてこたえた。

「なんの？」

その子は片足立《かたあしだ》ちすると、とんとんとんと小刻《こきざ》みにうごいて、その場で一周《いっしゅう》してみせた。

「ほら、落《お》ちないでしょ」

わたしはわらってしまった。そんなにむずかしいことのようには思えなかったから。

「それぐらいだったら、わたしにもできるかも」とわたしはいった。

「じゃあ、これは？」

その子は片足でけんけんしながら塀の上を移動《いどう》しはじめた。

ふらふらとときどきゆれながら、でもあげたほうの足は一度《いちど》もおろさずに、とんとんと塀の角まで行った。

「毎日、そこでけんけんの練習をしてるの？」

わたしはその子に追《お》いついていった。

ふーっ、とその子は息《いき》をはきだし、「じゃあ見ててよ。失敗《しっぱい》しないから」といった。

その子はこんどは両手を上に伸ばし、その手を横に倒《たお》していって、ゆっくりと塀の上で側転《そくてん》をしてみせた。

「おお。すごい」

わたしは拍手《はくしゅ》をした。

「そんなに簡単《かんたん》じゃないよ」とその子はいった。

「そこ、どれくらい高いの？　わたし、あがってみてもいい？」

その子は一瞬困《こま》ったような顔をしたけれど、「まあ、いいけど」と、つぶやくようにいった。

「どこからあがればいいの？」

こっち。

女の子は塀の上を歩いて角まで行き、畑と家とをへだてている側《がわ》へと直角にまがった。

「畑、入ってもいいの？」

「うん、うちの畑だから」

わたしは張りわたしてある針金をまたいで、畑の端《はし》っこに入った。

畑に面《めん》した側の塀は階段《かいだん》のように奥にいくにしたがって低《ひく》くなっていた。そのかなり低くなっているところに、土が小さく山のように盛られていた。

「ここから」とその子はいった。

女の子もここから塀にあがったのかもしれなかった。盛《も》り土《つち》の上には靴跡《くつあと》がいっぱいついていた。

「ほんとにあがってもいいの？　しかられない？」

「しかられないからだいじょうぶ」

その子はいった。

わたしは塾バッグを地面《じめん》に置くと、塀に飛《と》びついた。胸《むね》の骨《ほね》がレンガにあたって、ごつっと音を立てた。わたしは痛《いた》いのをがまんして塀に足をかけ、それからよじのぼった。

あがってみると、塀の幅《はば》は思ったよりずっと狭《せま》かった。女の子はさっきまでいた道路側《どうろがわ》の場所までもどっていた。バランスを取りながら段々《だんだん》になっている塀の上を歩いて角まで行き、角をまがって女の子のそばまで行った。

「けっこう高いね」

わたしがいうと、その子はにっとわらった。ならんで立ってみると、その子はわたしよりもだいぶ背が低かった。そして、やせっぽちだった。

「何年生?」とわたしはきいた。

「四年」

「美里《みさと》小?」と、わたしは自分が行っている小学校の名をいった。

「そう」

「四年だったら、脇田くんて子知らない? 塾がいっしょなんだけど。英語が好きな子」

うーん、とその子は頭をかたむけ、「わからないけど」とこたえた。

「四年っていってもいっぱいいるもんね。ぜんぶの子なんておぼえていられないよね。わたしは五年。転校《てんこう》してきたばかりだけど、学校で会ったことある？」

その子はわたしの顔をじっと見た。

「さあ」

「ここ、あなたんち？」

わたしは首を家のほうにちょっとひねった。すぐ後ろに木の枝《えだ》が伸びてきていた。塀の内側《うちがわ》には何本もの木が植えられていた。細い木もあれば、幹《みき》がくねくねとねじれている木もあった。庭先《にわさき》に犬がつながれていた。

「そう」とその子はいった。

「ここで、ほかにどんな練習をしてるの？」

「飛びおりられるよ」

「え、ここから？」

うん。

そういうと、その子はぱっと道路に飛びおりた。ころばずに地面におり立つと、顔をこちらにむけて、「ばいばい」と、つぶやくようにいった。

「帰るの？」

うん。その子はうなずいた。そして門のほうへ走っていってしまった。

「待《ま》ってよ」

わたしはだれもいない道路にむかっていった。

飛びおりようかなと思ったけれど、こわかった。ころんでけがをしそうな気がした。

わたしはそろそろと、また塀の上を歩いてさっき自分があがってきた場所へともどっていった。

盛り土の上に飛びおりるまえに、庭のなかを見た。農機具《のうきぐ》のようなものがあった。小さな池があった。犬小屋《いぬごや》も見えた。犬がこっちを見ていた。

わたしはぴょんと盛り土の上に飛びおりた。

6

ママの話はまわりくどくつづいていた。

「そりゃあ、なにもかもに熱中《ねっちゅう》することなんて、もちろんだれにもできないでしょ。人間が一つのことに集中《しゅうちゅう》できる時間はだいたい十五分くらいらしいし。十五分以上《いじょう》おなじことに集中していられるかどうかは、その人の取《と》り組《く》む姿勢《しせい》によるらしいわ。それを持続力《じぞくりょく》っていうんじゃないかな」

ママはソファのお兄ちゃんにむかって話していた。

「それ、ほんと?」と、お兄ちゃんがママを見た。

お兄ちゃんはさっきまでダイニングテーブルで、自分でつくったコーヒーフロートを飲《の》んでいた。

お兄ちゃんはこのごろ、アイスコーヒーにアイスクリームを浮《う》かべたコーヒーフロートが好《す》きになったみたいで、晩《ばん》ごはんのあとなんかに自分でつくって飲んでいる。

つくるといっても、冷蔵庫《れいぞうこ》からペットボトル入りの加糖《かとう》アイスコーヒーをだして氷《こおり》を入れたグラスにそそぎ、そこにカップ入りバニラアイスクリームを大きいスプーンですくって浮かべる、ただそれだけだ。そしてカップに残《のこ》ったアイスをスプーンできれいにすくって食べる。お兄ちゃんはアイスクリームが好きだ。

晩ごはんのあと、食器《しょっき》を洗《あら》いおえたママは「あのねえ晴太《はるた》」と深刻《しんこく》そうにいって、ダイニングテーブルでコーヒーフロートを飲んでいたお兄ちゃんのむかいに腰《こし》をおろした。

するとお兄ちゃんはだまって席《せき》を立ち、グラスを持《も》ってすうっとソファに移《うつ》ってきた。わたしはローテーブルのそばで、床《ゆか》に寝《ね》ころんでテレビを見ていた。

そのお兄ちゃんに、ママは、なんでも挑戦《ちょうせん》するのが大切、というような話をはじめたのだ。努力《どりょく》してみることで可能性《かのうせい》がひろがる、というような話も。

「ほんとって？」と、ママがお兄ちゃんにきき返《かえ》した。

「だから、人間の集中力は十五分しかもたないって話」

「そうらしいわよ。なにかで読むか、きくか、したことだけど」

「どんな本に書いてあったの？」

「本じゃなかったかもしれない」

「テレビ？」

「だったかなあ」

ふーん、と口のなかで不審《ふしん》そうな声をだしながらストローをくわえると、お兄ちゃんはアイスクリームが溶《と》けこんでいるコーヒーを飲んだ。

「あのね、つまりママがいいたいのはね、こっちの中学じゃ、まだ友だちも少なくて、いろいろなれないことも多いと思うし、野球部《やきゅうぶ》でも先輩《せんぱい》とのつきあいとか、いろいろたいへんなんだろうけれど、でもね、平均点《へいきんてん》が六十二点というのはちょっと低《ひく》すぎない？」

わたしは体を起《お》こしてママを見た。

ママはテーブルに両肘《りょうひじ》をつき、あごを手のひらにのせていた。目はお兄ちゃんを見ている。ママの前にはお兄ちゃんの成績表《せいせきひょう》がひらかれていた。晩ごはんのまえにお兄ちゃんがママにわたしたのだ。それも、ごはんをつくっていたママに「中間試験《ちゅうかんしけん》の成績表はまだもらっていないの？」ときかれたから、お兄ちゃんは二階《かい》に成績表を取《と》りに行ったのだ。だいぶまえにもらっていたのかもしれなかった。

ママはお料理《りょうり》の手をとめて成績表をひらくと、「ふうん」「ふうん」と、さぐるような目で見ていた。

食事《しょくじ》のあいだは、ママは成績についてはなにもいわなかった。

お兄ちゃんがコーヒーフロートをつくりはじめると、「夜になると眠《ねむ》くなるの？」と、ママは食器を洗いながらお兄ちゃんに話しはじめたのだ。「部活《ぶかつ》がきついのかなあ」と。

「たとえば社会の七十五点はいいと思うけれど、数学の四十三点は低すぎるんじゃないの」と、テーブルからママはいった。

「『ここはだします』って先生がいっていたのとはちがう問題《もんだい》がでたんだよ」

「入学して二か月たらずでしょ。どんな問題がでても、できなきゃ嘘《うそ》よ。中学に入ってすぐの中間テストなんて、成績がよくてあたりまえよ」

「ぼくがあたりまえじゃないってことがいいたいの？」

お兄ちゃんは残《のこ》り少《すく》なくなったコーヒーをストローでちゅっと吸《す》いあげた。

「じゃなくてね」

ママはいらいらした声をだした。「毎日、授業《じゅぎょう》で習《なら》ったことを家に帰って復習《ふくしゅう》しさえすれば、もう少しいい点数になるはずってことがいいたいの。でしょう？　試験まえににわか勉強《べんきょう》をするっていうのはやっぱり無理《むり》よ。一夜漬《いちやづ》けじゃいい成績は取れないって。毎日の努力の積《つ》み重《かさ》ねが大切ってこと」

「へえ」

お兄ちゃんは乾《かわ》いた声をだした。

「なによ、そのいい方」

お兄ちゃんは返事《へんじ》をしなかった。

「野球部の練習《れんしゅう》がきついのはわかるけれど、ごはんを食べて、テレビを見たいだけ見て、そのあと部屋《へや》で、いったいなにをしてるの？　ゲーム？」

「寝てるよ」

わたしはいってから、テレビのリモコンを取りあげ、音量《おんりょう》を少しあげた。

ソファのお兄ちゃんがこわい目つきでわたしを見た。

「ときも、ある」と、わたしはいいなおした。

「勉強が一番。その上で部活ですからね。あくまでも。その逆《ぎゃく》はないよ」とママはいった。

お兄ちゃんは返事をしなかった。

「それに髪《かみ》、伸《の》びすぎてるんじゃないの？　野球部は丸刈《まるが》りでしょう。散髪《さんぱつ》しなきゃ先生から注意《ちゅうい》を受《う》けるんじゃないの。注意をされるまえに、しなきゃいけないことはしなさい」

お兄ちゃんはだまっていた。

たしかにお兄ちゃんの丸刈りはだいぶ伸びていた。野球部に入った日に散髪屋《や》で丸刈りにしたあと、ずっと散髪してないんじゃないかな。

パソコンの横《よこ》の電話が鳴りはじめた。

ママが立ちあがると、同時にお兄ちゃんもソファから立ちあがった。そしてテーブルにグラスを残したまま、リビングをでていった。

「あらあら、先生」

電話にでたママがいった。「はい、わたしは元気ですよお。先生はお元気ですか」

ママの日本語がちょっとへんだと思って、すぐ電話はマークス先生からにちがいないと気づいた。

ママがわたしを手招《てまね》きした。

「は？　朋《とも》が、ですか？」とママはいって、わたしをぎろっとにらんだ。

ばれちゃったんだ。わたしは立ちあがってママのそばに行った。きっとばれるよなあ、と思っていたのに、こんなふうに、あっさりとばれてしまったことに、どうしてだかおどろいた。

「すみません。じゃあ、朋に替《か》わりますので」

ママは手で受話器《じゅわき》をおおうと、「マークス先生からよ。あなた、英会話《えいかいわ》スクールを二週《しゅう》つづけて休んだの？」といって、わたしに受話器を差《さ》しだした。

「もしもし」

わたしはしぶしぶいった。

「ハーイ、朋。元気ですか？」

マークス先生の張《は》りのある声がきこえてきた。

「どうしましたか？　きょうはスクールに来ませんでしたね。先週の土曜日も、スクールに来ませんでしたね。病気《びょうき》？」

「あ、いいえ」

「だいじょうぶ？」

「はい、だいじょうぶです」

「つぎの土曜日はスクールに来ますか？」

「はい、行きます」

「オーケー。じゃあね。シー　ユー」

「はい。さよなら」

電話は切れた。

「どういうこと？」と、すぐそばに立っていたママがいった。

「あのね、このまえの土曜日はね、頭が痛《いた》くなったから。急《きゅう》にね、ものすごく痛くなっちゃって。それでベッドで寝てたらなおるかなあ、と思って寝てたら、ほんとに眠っちゃってた」

嘘はすらすらと口からでた。

「そんなこと、ママにはいわなかったじゃない」

「目がさめたら、なおってた」

「じゃあ、きょうは？　ちゃんと塾《じゅく》のバッグを持って出かけたよね」

「あのね、麦野《むぎの》さんに、いっしょに休もうっていわれたの。それでね、麦野さんちに遊《あそ》びに行ったの。麦野さんのお母さんて、英語《えいご》がぺらぺらなんだよ。若《わか》いときにアメリカに留学《りゅうがく》してたんだって。英語の勉強の仕方《しかた》とか、教えてもらったの」

そんなことをいうなんて、自分でもびっくりしていた。どうしてすらすらと嘘が口からでるのだろう。

「えー、なあに。そんなこと、帰ってきてからもママにひと言もいわなかったよね」

ママは疑《うたぐ》り深《ぶか》そうにいった。

「だってね、ママはお兄ちゃんの成績のことばっかりずっと考えてたでしょ」

ふーっ。ママが息《いき》をはきだした。

「ずる休みはだめよ。勝手《かって》に休んでいいわけないじゃない。五年生なんだから、それくらいわかるでしょう。なにやってんの。頭が痛いとか、そういうときにはママのスマホに電話してよ。知ってるよね、スマホの番号《ばんごう》。だいたい、友だちにさそわれて休むなんて、どういうこと？」

わたしはママのそばを離《はな》れた。

「麦野さんねえ、英語がすごく上手だから、いろいろ教えてもらってるの」

「ほんとう?」

どんどん嘘がふえていく。もうこれ以上、なにもきかないでほしい、と思う。

「だからって、英会話スクールに入ってまだ二か月しかたっていないのよ。麦野さんには簡単《かんたん》すぎることかもしれないけど、朋はとにかく基礎《きそ》をきちんと勉強しなきゃだめ。基礎がいちばん大事《だいじ》なんだからね。わかった?」

「はーい」小さい声で返事した。

「まったく、あなたたちって」とママはいった。

わたしはすーっすーっと足をすべらせてドアにむかった。

これで喫茶《きっさ》ダンサーのことも、オワリさんのこともママには話せなくなってしまったな、と思う。英会話スクールがあるバス通りとは別《べつ》に、すぐ近くに昔《むかし》からある通りがあることをママが知っているのかどうか、きいてみたいと思っていたけれど、もうきけなくなった。その通りに行こうとしたら、こんどはぜんぜんちがう通りに入りこんでしまっていて、やせっぽちの女の子が高い塀の上できれいに側転《そくてん》をしてみせてくれたことももちろん話せない。

二階にあがっていくと、お兄ちゃんの部屋のドアが少しあいていた。

部屋をのぞくと、お兄ちゃんは「見たら殺《ころ》す」と扉《とびら》に黒マジックで書いてある戸棚《とだな》にもたれて漫画週刊誌《まんがしゅうかんし》を読んでいた。ベッドとむかいあわせて置《お》かれているその小さな戸棚は、まえに住《す》んでいたマンションでは二段《にだん》ベッドの横に置いてあって、お兄ちゃんの漫画本やゲーム機《き》やそのほかごちゃごちゃしたものが入れてあった。わたしはお兄ちゃんがいないときに何度《なんど》も扉をあけて、なかにあるものを確《たし》かめた。そして注意深《ちゅういぶか》くぜんぶもとどおりにして扉をしめておいた。

「中学に入ったら、テストでいったい何点を取らなきゃいけないの？」

わたしはドアのすき間に体を押《お》しこむようにしてお兄ちゃんにきいた。

え、とお兄ちゃんは漫画から顔をあげて、「知らん」といって、また目を漫画にもどした。

「ふーん」

ドアをしめようとすると、

「できるだけ百、じゃないの」とお兄ちゃんはいった。目は漫画にむけたまま。

「え、うっそぉ。できるわけないじゃん、そんなこと」

しめかけたドアを、わたしはまたあけた。

「学校ってね、そういうところなんだと思うよ。おれ、そういうことがわかったの。生徒《せいと》は競争《きょうそう》させられてんだなって。番号をつけられるの。テストの点数で、あなたは何番目の人だよっていわれるの。それは点数のことなのに、人間の番号みたいな感《かん》じがするよ。くやしかったら負《ま》けるな、勝《か》て、勝ちつづけろっていわれてる、みたいな」

お兄ちゃんは頭を「見たら殺す」の扉にもたせかけた。

「いやだなあ」

「いやだよ。でも、逃《に》げ道《みち》なんてないんだ。それがね、中学に入ってわかったの。一本道がずっとつづいているんだなって」

「脇道《わきみち》とかないの?」

「ないの」

「T字路《じろ》とかは?」

「ない。あっても、ぜんぶ封鎖《ふうさ》してあるの」

「いやだなあ」

お兄ちゃんはにやっとわらった。お兄ちゃんはいつからそんなわらい方ができるようになったんだろう、と思った。

「髪、長いね」とわたしはいった。

「いいの」

お兄ちゃんは手のひらで頭をごしごしなでた。

おーい、と階段《かいだん》の下から声がした。パパの声だった。

「アイスクリーム、買ってきたぞ。おりておいで、二人とも」

パパの声が明るかった。

「行こうよ」と、わたしはお兄ちゃんにいった。

お兄ちゃんは読みかけのページをひらいたまま漫画をベッドにふせた。それからめんどうくさそうに立ちあがった。

「ラムレーズンはあげるよ」

先に階段をおりながら、わたしはいった。お兄ちゃんはアイスクリームショップに寄《よ》ると、かならずラムレーズンを選《えら》ぶから。

「チョコミントなの、いまは」と、お兄ちゃんは後ろからいった。

「え、いつから？」

ふっふっ。お兄ちゃんは口のなかでわらった。

テーブルにあったのは、箱入《はこい》りのミニカップのアイスクリームだった。普段《ふだん》ママがけして買わない値段《ねだん》の高いアイスクリームが六個《こ》入っていた。

「あ、こっちか」とわたしはいった。

お兄ちゃんはだまってカップを一つとスプーンを取ると、そのまま向《む》きを変《か》えてリビングをでていこうとした。

「晴太」とパパが呼《よ》びとめた。

お兄ちゃんは足をとめ、顔半分だけふり返った。

「どうした」

パパはママから、お兄ちゃんの中間テストの成績については、まだなにもきいていないのかもしれなかった。

「なにかあったのか?」

パパはお兄ちゃんのどういうところに異変《いへん》を感じたのだろう。わたしはお兄ちゃんとパパをすばやく見比《みくら》べた。

「べつに」とお兄ちゃんはこたえた。

「いかん、いかん。べつに、なんて答えは普通《ふつう》すぎる。まあ、こっちへこいよ。ここで食べろよ」とパパはいった。

ママはパパとお兄ちゃんの会話に入る気はないらしく、「さあて、どれにしようかな」と、箱のアイスを選んでいる。

「自分の部屋で食べちゃだめなの？」

パパのほうにむきなおってお兄ちゃんはいった。テーブルに近づいてくる気はないみたいだった。手には自分の好きな「マカデミアナッツ」をつかんでいた。

わたしはやっぱり「ストロベリー」にした。

ママは「グリーンティー」にするか「クッキー&クリーム」にするかでまよっているみたいだった。

「だめってことはないけどさ」とパパはいった。

パパはもっとなにかいおうとしていたのかもしれないけれど、お兄ちゃんはその言葉《ことば》を待《ま》たずにさっさとリビングをでていった。

「中間テストのことよ」

ママがアイスクリームのカップのふたを取りながらいった。

「お兄ちゃんはね、ほんとうはすごく頭がいいんだよ。だけど、すごく頭がいいところがみんなに知られちゃうと、きらわれたりするでしょ。まだ同級生《どうきゅうせい》の人はあんまりお兄ちゃんのことを知らないから。だから、わざと頭があんまりよくないふりをしてるんだと思うよ」とわたしはいった。

「なに、それ」と、ママはあきれたようにいった。

「わたしも自分の部屋で食べるね」とわたしはいった。

「どうぞ、どうぞ」

ママはいった。

7

わたしは英会話《えいかいわ》スクールの授業《じゅぎょう》がはじまる直前に教室に入っていった。ドアの音にふり返《かえ》った麦野《むぎの》さんが「あ」の形に口をあけて、なにかいいたそうな顔をした。この一週間、学校では麦野さんと顔をあわせなかった。あわせないように、わたしがしていた。遠くに麦野さんの姿《すがた》が見えると近づかないようにしていた。麦野さんは人と話をするときにはまっすぐに相手《あいて》の目を見て、「ふうん、そうなの」と素直《すなお》にうなずく。麦野さんは人をうたがったりしない人のように見えた。わたしは、英会話スクールを休んだほんとうの理由《りゆう》を麦野さんにいってみようかな、と考えたりもした。あの塀《へい》の上の子のことをだれかにいいたい気もちがあったから。麦野さんなら、「ふうん」と話をきいてくれそうな気がしたけれど、でも気もちが固《かた》まらなくて、そしてなんでも信《しん》じてしまいそうな麦野さんには嘘《うそ》をつきたくもなくて、麦野さんには近づかないようにしていたのだ。

わたしはいつものように麦野さんのとなりに腰《こし》をおろした。

「あのね、頭が痛《いた》かったから」と、なにもきかれていないのに、わたしは小さい声で嘘をいってしまっていた。

「うん」と、麦野さんは心配《しんぱい》そうな顔でわたしを見た。

「でも、もうだいじょうぶだから」とわたしはいった。

ドアがあいて、マークス先生が教室に入ってきた。

先生はわたしを見ると、「グッド　アフタヌーン、朋《とも》」と大きい笑顔《えがお》をつくっていった。

わたしはだまって頭をさげた。

授業ははじまった。

いつものように先生は一人ひとりに「ハウ　アー　ユー?」とたずねた。

たいていの人は「アイム　ファイン」か「ファイン　サンキュー」とこたえた。脇田《わきた》くんだけは「ノット　バッド」と返事《へんじ》した。先生は目を大きくひらいて「オー、グッド」とほめた。

それがおわると、「『アイ　ライク　ブルー』のページをひらいてください」とマークス先生はいった。

マークス先生はいつものように、とてもゆっくりと一行目を読んだ。「アイ　ライク　ブルー」

わたしたちも読んだ。青が好《す》き。青が好き。

正面《しょうめん》のホワイトボードにむかって長テーブルがコの字の形にならべてある教室に、みんなの大きい声がひびく。

つぎの行は「アイ　ライク」のあとが（　）になっている。わかっている。そこに自分の好きな色を入れてごらん、といわれているのだ。わたしがいえるのは、ホワイト、レッド、ブラック、イエローぐらい。あてられたときの心の準備《じゅんび》をする。ブラックにしよう、ときめる。

脇田くんが「アイ　ライク　レッド」とこたえた。

「リッスン」と、マークス先生はみんなを見まわした。「はい、きいてください」という意味《いみ》だ。いつもいわれている。

「ウエッド」と、先生はゆっくりと発音《はつおん》した。

これだからな、と思う。英語《えいご》の発音って、わたしが思ってるいい方とはぜんぜんちがうのだ。先生は「ウ」をはじめに小さくいってるみたい。できないよ、そんな発音、と思う。

麦野さんを見ると、麦野さんはくちびるを突《つ》きだして、なんとか先生のまねをしようとしていた。

あーあ、と思う。「赤」ってことさえうまくいえないんだもん。「赤」「赤」「赤」。英語でいうたびに、自分のなかに日本語でたまっているいろんな言葉《ことば》が役《やく》に立たないものになっていく気がする。

脇田くんのとなりの大川《おおかわ》さんは「アイ　ライク　ネイビーブルー」といった。

マークス先生が「ネイビー」の正しい発音をしてみせる。「ビー」じゃなくて「ヴィー」と、先生は指先《ゆびさき》を自分の下くちびるにあてて発音する。「ヴィー」

先生はホワイトボードに、「red」と書き、その下に「navy blue」と書いた。

わたしはノートにそれを書《か》き写《うつ》す。

つぎはわたしの番だけど、と身構《みがま》えていると、マークス先生は自分のピアスを指《ゆび》さして、「これは?」とわたしに日本語できいた。

答えは「ピアス」じゃないよね、といそいで考えてから、「オレンジ」といった。オレンジ色だったから。

マークス先生は大きくうなずき、それから口をゆっくりとうごかして「オレンジ」の正しい発音をしてみせる。オレンジじゃなくて「オウエンジ」みたいな。ううー。

「朋」と、先生がわたしの名前を呼《よ》んだ。

「いってみて。アイ　ライク　オウエンジ」

わたしはいう。オレンジが好き。

「もう一度《いちど》」と先生がいう。

あれ？　と思う。果物《くだもの》のオレンジもオレンジだ。そういういい方だと、果物のオレンジが好きっていってることにならないの？　色も、果物も、おなじオレンジでいいの？　色のときにはオレンジ色っていい方があるのかな？　ないのかな？　頭のなかで「オレンジ」って言葉が急《きゅう》にふくらんでくる。えーと、オレンジ色をした果物だから果物をオレンジっていうのかな。そうじゃなくて、果物の色ににているからオレンジっていうのかな。えーと、いまは色の話をしているんだから、わたしはオレンジ色のことをいわなきゃいけないいんだけど。考えていると、だんだん頭のなかがごちゃごちゃしてくる。

先生がわたしを見つめているのがわかる。

「アイ　ライク　オレンジ」

やっとわたしはいった。

「グッド」

先生がいった。

なんだろう、この気もち、と思う。

英語でなにかいおうとすると、のどにふたをされたような気もちになる。いわなきゃと思っているのに、どういえばいいかわからないから、マークス先生との距離《きょり》がどんどんひろがっていく気がする。先生はいっぱい言葉をもっているのに、こっちにはなにもないのだ。先生はわたしをじっと見つめ、わたしがなにかいうのを待《ま》っている。それがわかっていても、なにもいえないのだ。簡単《かんたん》な色についてのことなのに。頭のなかが空っぽになったような気がする。なんだか急にひとりぼっちな気もちになる。それだけじゃなくて、弱い立場に立っているような気もする。勝負《しょうぶ》しているわけじゃないのに、負《ま》けているような気がする。

世《よ》のなかにはいろんないい方があるってことが、最近《さいきん》やっとわたしはわかってきたのだ。それはもちろん日本語のことだけれど。なのに、英語に変《か》えてなにかいおうとすると、自分のなかにたまってきていた言葉はぜんぶ役に立たなくなってしまうのだ。それってやっぱり悲《かな》しい。オレンジってことだけで、立ちどまっちゃうなんて。

授業がおわって、塾《じゅく》バッグにテキストとペンケースをしまっていると、マークス先生がわたしに近づいてきた。

「どうして、このまえのクラスを休みましたか」

わたしはすぐにはこたえられなくて、バッグのジッパーをしめてから先生の顔を見た。

先生はにっこりわらっていた。わたしをまっすぐに見つめている。

「あの、ちょっと、頭が、痛かったから」

わたしは目をそらしてこたえる。嘘、ばれちゃってるよね、と思う。

「もうだいじょうぶ?」とマークス先生はたずねる。

先生からはいい香《かお》りがする。いつも先生がつけている甘《あま》いオーデコロンの香り。ちらっと先生を見ると、先生はやっぱり大きい笑顔でわたしを見つめていた。

「はい」

うなずきながら、嘘、きっとばれちゃってる、とまた思う。

「オーケー。シー　ユー　ネクスト　サタディ」

そういうと、先生はわたしの肩《かた》をぽんとやさしくたたいて、離《はな》れていった。

英語は世界《せかい》の共通言語《きょうつうげんご》なのよ、とママはいっていた。だから英語の勉強《べんきょう》が大事《だいじ》なの、と。だからいまのうちにはじめなきゃ、と。ちょっとでも早く、と。世界に近づくためには、と。

世界に近づくって？　とわたしは思う。世界ってそれは外国のことなの？　外国に行ったときに困《こま》らないってこと？　よその国のだれかと友だちになるってこと？　英語の本が読めるようになるってこと？　フランス語やドイツ語やスペイン語やロシア語や中国語やベトナム語じゃなくて？　英語がいちばん大事ってだれがきめたの？　だれかがきめたことをただ信じて英語を勉強しつづけなきゃいけないの？　それはほんとうにわたしのためなの？　わたしはだんだん、あとずさりしたい気もちになる。

「畠山《はたけやま》さん、来週も来る？」

麦野さんは帽子《ぼうし》をかぶりながらきいた。

「来ると思う。来週は来るよ。でも、これからもずっと来るかどうかはわかんない」

「どうして？」

「英語って、どうやったら好きになれるの？」

麦野さんはわたしを見つめ、それから小さくうなずいた。「わかるけど」

麦野さんはスクールに来るときにはお母さんに車で連《つ》れてきてもらっているけれど、

帰りはバスで帰っている。バスが来るまで一人バス停《てい》で待っている。麦野さんのお母さんは、麦野さんをスクールに連れてきたあと、茶道《さどう》のお稽古《けいこ》に行っているのだそうだ。

わたしは運転席《うんてんせき》の麦野さんのお母さんを一度だけ見たことがあった。お母さんは着物《きもの》を着ていた。

「麦野さんのお母さんは英語がしゃべれるの？」

わたしは、麦野さんの家でお母さんに英語の勉強の仕方《しかた》を習《なら》ったと、このまえママに嘘をついてしまっていた。ほんとうはどうなんだろう、と気にかかっていた。

「うちのお母さん？」と麦野さんはいって、ふふっと小さくわらってから「ちょっとだけしかしゃべれないんじゃないかな。去年《きょねん》オーストラリアに行ったとき、ハウマッチとか、それぐらいしかしゃべっていなかったから」といった。

「きょうもバス？」

二人でビルの入り口のドアをあけて外にでた。

「そう」

「ねえ、麦野さんは英会話スクールって楽しい？」

うーん、と麦野さんは首をかしげて「ちょっとだけ楽しいよ」とこたえた。

「ふうん」

「畠山さんは楽しくないの？」

「え？」とわたしは麦野さんを見た。

麦野さんはまじめな顔をしていた。

「そうですねえ。まあまあ、かな」と、わたしは無理《むり》していった。

「ふうん」

麦野さんはなにかいいたそうな顔をした。

「じゃあね、帰るね」とわたしはいった。

「うん」

麦野さんは手をひらひらとふって、「じゃあね」といった。そして車が来ていないのを確かめてから、道路を渡っていった。

8

学校から家に帰ると、いつものように家にはだれもいなかった。

いそいで帰ってきたので、まだ四時にもなっていなくて、ママが帰ってくるまでに二時間くらいあった。ということは、五時半ぐらいまでに家に帰ってくれば、ばれないはず、と考えた。それは学校からの帰り道に考えたことだった。

わたしはいそいで二階《かい》の自分の部屋《へや》にランドセルと手さげを置《お》きに行った。階段《かいだん》をおりながら、だけども、もしも、きょうにかぎってママがいつもより早く家に帰ってきたら、あとから家に帰ったわたしに「どこに行ってたの?」と、きっときくだろう。そのときは、そうだ、「友だちのうち」ってこたえればいいんだ。なんだ、ぜんぜんあわてる必要《ひつよう》なんてないのだ。そのことに気づくと、とたんにのどが渇《かわ》いていることに気がついた。わたしはキッチンに行き、冷蔵庫《れいぞうこ》をあけて麦茶のポットをだした。

いままで、なぜそのことを思いつかなかったのか、考えてみればふしぎだけれど、きょうの給食《きゅうしょく》のときに、ミネストローネスープを飲《の》んでいて、ふっと、きょう家に帰ってからあの喫茶《きっさ》ダンサーの通りに行ってみようと思いついたのだ。オワリさんは、土曜日に朗読《ろうどく》をしています、といっただけだ。べつの日に行ってみてもいいんじゃないかな。このまえ、塀《へい》の上に女の子が立っていた通りは喫茶ダンサーがあった通りより手前なのか、喫茶ダンサーの通りよりも一本むこうの通りなのか、そのことがずっと気になっていた。どうしてまちがえちゃったんだろう、と。

給食を食べおわったときには、きょう確《たし》かめに行ってみようと心をきめていた。曲《ま》がり角《かど》をまちがえないようにして、オワリさんの庭《にわ》まで行ってみよう。きょうは水曜日で朗読の日じゃないから庭の扉《とびら》はしまっているかもしれないけれど。このつぎ朗読をききに行くときに、ちゃんと道をまちがえずに行きたいから。

わたしは麦茶のポットを冷蔵庫にもどし、ドアをしめた。そのとたん、ドアをしめた冷蔵庫のなかに、なにか隠《かく》れてるものがいるかもしれない、と思った。洗濯機《せんたくき》の衣類《いるい》の下にも。床下《ゆかした》の収納庫《しゅうのうこ》のなかにも。オワリさんのおはなしにでてきていたものたちは、あれはハムスターみたいなものかな。もっと小さいクモみたいな生《い》き物《もの》？

玄関《げんかん》で靴《くつ》をはきながら、ネギをしょっている女の人の姿《すがた》を思《おも》い浮《う》かべた。その人は毛糸の帽子《ぼうし》を目深《まぶか》にかぶっている人のような気がした。背中《せなか》にしょっているネギの入った大きなリュックはその人が自分でつくったものなんじゃないかな。

わたしは玄関のドアにカギをかけた。

ブリリアント英会話《えいかいわ》スクールのビルの角をまがって、郵便局《ゆうびんきょく》とのあいだの道に入っていった。

英会話スクールのビルの前を通りすぎるとき、入り口のドアごしに教室のドアがちらっと見えた。ドアのガラスの小窓《こまど》は明るかった。水曜日の午後はおとなの英会話クラスだったかな。何人くらいの人が来ているんだろう。おとなのクラスのときには机《つくえ》のならべ方もちがうんだろうか。中学生のクラスはぜんぶ夜のはずだ。中学生のクラスにどんな人たちが来ているのか、それもわたしは知らない。自分のクラス以外《いがい》のことはなにも知らないのだ。

わたしは曲がり角をまちがえないように、道の両側《りょうがわ》の家々を見ながら歩いていった。ベージュ色の塀の家、反対側《はんたいがわ》には黒いワゴン車がカーポートにとまっている家があって、それから門の内側《うちがわ》に松《まつ》の木が立っている家があって、ブロック塀に囲《かこ》まれた家がつづく。それから生《い》け垣《がき》の家。注意深《ちゅういぶか》く、ならんでいる家々を見ながら歩いていった。家々はくっつきあってならんでいて、どこにも脇道《わきみち》なんかなかった。

T字路《じろ》まで来た。つるバラが小さい花をたくさん咲《さ》かせている。

ここのはずだけど、とわたしは角をまがった。

その家のむこうには木造《もくぞう》の倉庫《そうこ》が立っていて、それから「金沢荒物店《かなざわあらものてん》」があった。軒《のき》の下にそう書かれた横長《よこなが》の看板《かんばん》がある。

店先の棚《たな》には金属製《きんぞくせい》のじょうろがいくつもかかっていて、台の上には竹のざるやかご。あけ放《はな》たれた戸口から、店のなかで白い丸首シャツを着《き》たおじさんがバケツを重《かさ》ねているのが見える。

自転車《じてんしゃ》の絵が描《か》いてある四角い看板がぶらさがっている自転車屋《や》がある。そのガラス戸ごしに、店内に自転車が数台ならべてあるのが見えた。帽子をかぶったおじさんがしゃがんで自転車の修理《しゅうり》をしている。それからあかしあ食堂《しょくどう》ののれん。店先にはカレーや鍋焼《なべや》きうどんがならんでいるガラスケース。カレーやスパゲティの具《ぐ》はちょっと色あせている。それから新聞販売店《はんばいてん》がつづいて、洗《あら》い張《は》りの店。そのむこうに帽子屋。道の反対側には平屋《ひらや》のおなじ造《つく》りの木造の住宅《じゅうたく》がつづいている。

喫茶ダンサーがある道じゃなかった。わたしはまたまちがえちゃったのだ。ひき返《かえ》そうかな、と思ったとき、通りのむこうから犬を連《つ》れた女の子が歩いてきているのに気がついた。このまえ、塀の上にいたあの子だ。

わたしのことをおぼえてくれているかな。わたしはゆっくりその子に近づいていった。

その子がちらちらとわたしを見ているのがわかった。ちらっとわたしの顔を見てはすっと目をそらしている。その子が連れている茶色の犬は舌《した》をだしたりひっこめたりしながらじっとわたしを見ている。

いよいよ近づいたので、「こんにちは」とわたしはいった。

その子は声をかけられるなんて思っていなかったみたいに、びくっと足をとめた。

「このまえ、会ったよ」とわたしはいった。

その子はわたしを上目づかいに見て、小さくうなずいた。

「なんて名前なの？」とわたしはきいた。

その子はあごをちょっと突《つ》きだし、「うーん」と口のなかでいってから、ささやくように「ミツ……」といった。最後がちょっとききとれなかった。

「犬の名前が？」

「あ、ちがう」

その子は犬をつないだ細い鎖《くさり》をくいっと引いて、「この犬はね、サブ」といった。

「犬はサブで、あなたはみっちゃん？」

その子はまた上目づかいにわたしを見て、しぶしぶという感《かん》じにうなずいた。

「サブ」

わたしは犬とむかいあってしゃがんだ。手を伸《の》ばせばようやく犬に届《とど》くくらいの位置《いち》に。わたしは犬の目を見つめて手のひらを上にしてそっと差《さ》しだした。

サブは鼻《はな》を手に近づけるとひくひくさせながら匂《にお》いをかぎ、それからまたわたしの顔を見た。口をあけ、はあはあと息《いき》をしている。ぬれた桃色《ももいろ》の舌が波打《なみう》っている。

わたしがもう一歩犬に近づこうと、しゃがんだまま足をうごかしかけたとき、サブが突然《とつぜん》鎖をぎゅんとひっぱって、後ろ足で立ちあがった。わたしの顔のすぐ前にサブのお腹《なか》がきた。わたしはびっくりして尻《しり》もちをついた。

「ウゥー」

サブは低《ひく》いうなり声をあげた。わたしの斜《なな》め後《うし》ろにむかって歯《は》をむきだし、口のまわりをびくびくとふるわせている。

わたしはさっと立ちあがって後ろを見た。

大きい犬が近づいてきていた。あれはシェパードという犬だ。本物《ほんもの》を見るのははじめてだけれど、いつかテレビで見たことがあった。警察犬《けいさつけん》として広い場所《ばしょ》で訓練《くんれん》されていた。災害救助犬《さいがいきゅうじょけん》としても働《はたら》く犬だ。地震《じしん》などで倒《たお》れた建物《たてもの》の下に人が残《のこ》されていないか、匂いをかいでさがしている姿もニュースで見たことがある。

犬を連れているのは頭を丸刈《まるが》りにした男子だった。小学生じゃない。中学生か、もしかしたら高校生かもしれなかった。胸《むね》に「YT」と書かれた白い丸首シャツを着ている。

その人はうっすらとわらいを浮《う》かべて道のまんなかを歩いてきていた。犬をつないでいるロープを短《みじか》くたぐろうともしていない。

シェパードも歯をむいて「ウゥー」と、サブよりさらに低くて太い声をだした。

シェパードがいよいよ近づいてきた。

みっちゃんはいそいで道の端《はし》に寄《よ》って、サブの鎖をなんとか短くたぐろうとしていた。でも、サブのほうはそれに逆《さか》らうように背中を低くして鎖を強くひっぱり、うなり声をあげつづけている。

YTの男は道のまんなかに立ちどまった。にやにやしながら二匹《ひき》の犬を見比《みくら》べている。

サブが前足で地面《じめん》を激《はげ》しくひっかくようにしてシェパードに激しく吠《ほ》えかかったのと、シェパードがサブに飛《と》びかかったのと同時だった。

二匹の犬が地面にころがった。

「みっちゃん」とわたしはいった。

「やめて、やめて」

みっちゃんが泣《な》きそうな声をあげた。そして鎖をひっぱってなんとかサブを引きもどそうとしたけれど、犬同士《いぬどうし》はガウガウと組み合って離《はな》れない。

YT男は少しだけロープをひっぱった。でも、それは本気じゃなくて、ひっぱるふりをしただけで、犬のけんかをおもしろがっているような顔をしていた。

わたしはまわりを見まわした。

すぐそばの店の戸口にほうきが立てかけてあった。わたしはすばやくそのほうきをつかんで、サブにかみついているシェパードの背中をなぐりつけた。一回、二回、三回。

みっちゃんは「キャー」と高い声をあげていた。

「やめろ」とYT男がどなった。

シェパードがサブから離れた。

みっちゃんは鎖を力いっぱいたぐってサブを自分のすぐそばまでひき寄《よ》せた。

「犬がけがをしていたら、ゆるさないからな」と、YT男がわたしにいった。

「そっちが悪《わる》いよ。そっちが犬をひっぱらなかったからでしょ。サブがもしもけがをしていたら、こっちこそゆるさないから。中学生だからって、わたしたちをばかにしてるの？」

わたしはとん、と足踏《あしぶ》みした。くやしくてたまらなかった。

「ふん」

YT男はまだうなり声をあげているシェパードをひき立てて、わたしたちから離れていった。

「YTっていうのはおぼえたからねー」と、わたしはその背中にむかって叫《さけ》んだ。二度《にど》とあんなことをサブにしてほしくなかった。

ＹＴ男はふりむかずに遠ざかっていった。

みっちゃんはしゃがんでサブをなでていた。

「けがをしてる？」とわたしはきいた。わたしの胸はまだどきどきしていた。

「だいじょうぶみたい。ありがとうね、サブを助《たす》けてくれて」

みっちゃんは顔をあげてわたしを見た。

「犬のけんかか？」と声がした。

そっちを見ると、帽子屋からおじさんが顔をだしていた。

「あのね、おじさん。あのシェパードを連れた中学生が犬をけしかけてきたんです。わざとやったんです」とわたしはいった。

「まあ、犬同士がすれちがえばけんかにもなるさ」

おじさんはどっちが悪いともいわずに、また店のなかにもどっていった。

「サブって、小さいのに気が強いね」

わたしがいうと、みっちゃんは「うん」と、うれしそうにうなずいた。

「さっきの人、野球部《やきゅうぶ》なのかな。丸刈りだし」

わたしはみっちゃんにきいた。もしかしたら、お兄ちゃんとおなじ中学校に行っている人なのかもしれない、と思った。野球部員《ぶいん》は全員《ぜんいん》丸刈りにしなくちゃいけない、とお兄ちゃんはいっていたから。

「さあ、どうかな。中学生になったら男子はみんな丸刈りにしてるから」とみっちゃんはこたえた。

「全員？」

わたしがそういったのと、みっちゃんが「いっしょに行く？」といったのと同時だった。

「どこへ？」とわたしはきいた。

「あのね、貸本屋《かしほんや》に行くところだったから」と、みっちゃんはさげていた布《ぬの》の手さげをゆすってみせた。

「貸本屋って？」

「知らないの？　漫画《まんが》がいっぱい置いてあって、貸《か》してくれるんじゃない」

「図書館《としょかん》みたいな？」

うーん、と首をひねりながら、みっちゃんは歩きだした。

「図書館は本を借《か》りるのにお金はいらないけど、貸本屋ではお金を払《はら》うでしょ。五円とか十円とか」

そこがどんな場所なのかわからなかったけれど、ついていってみることにした。

ならんでいるおなじ造りの家のあいだに狭《せま》い路地《ろじ》があって、そこを抜《ぬ》けていくと、お寺の前にでた。

お寺の、鐘《かね》がぶらさがっているお堂《どう》の横《よこ》を通りすぎ、背《せ》の高い生け垣に沿《そ》って歩いていくと、「笠井《かさい》」という表札《ひょうさつ》がかかっている家があった。

みっちゃんはあたりまえのように門のなかへ入っていく。門から家の玄関までとびとびに丸い石がならんでいて、どう見ても、普通《ふつう》の家みたいだ。「貸本屋」っていったから、それはお店みたいなところかな、とわたしは勝手《かって》に想像《そうぞう》していた。それとも図書館みたいな建物なのかな、とも思っていた。

みっちゃんは玄関のガラス戸の前で、わたしに「犬は入れないから」といった。

「ここでちょっと待《ま》ってて」と、わたしにサブの鎖を差しだした。「いつもはそこにつないでおくんだけど」と、そばのひょろっとした木を指《ゆび》さした。

「わかった」

わたしはサブの鎖を受《う》け取《と》った。

「ごめんくださーい」

みっちゃんはガラス戸をあけながら家の奥《おく》にむかって声をかけた。

戸をあけたままの玄関から見えている土間には背の高い本棚《ほんだな》がいくつかならんでいた。そこにあるのはほとんどが漫画本のようだ。土間のまんなかには台が置かれていて、ビニールカバーのかかった漫画雑誌《ざっし》が何種類《なんしゅるい》もならべてある。

わたしも入ってみたいなあ、と思った。でも、だれでも勝手に入っていいってわけじゃないかもしれないし、サブを預《あず》かってもいたので、ガラス戸の外からながめるしかなかった。こんな家があるなんてなあ。めずらしくてたまらなかった。外から見たぶんには普通の家なのに、家のなかが貸本屋になっているのだ。

土間に面《めん》した畳《たたみ》の部屋の奥の襖《ふすま》があいて、白いそでのあるエプロンを着たおばさんがでてきた。おばさんはあがり口に置かれた小さな机の前にすわった。

「はい、いらっしゃい」

おばさんはみっちゃんから漫画本を受け取ると、机にひろげたノートのページをくって、そこに鉛筆《えんぴつ》でなにか書きこんだ。

みっちゃんはもう棚《たな》の前に立って漫画本を抜きだしてはぱらぱらと見ている。

そのとき後ろからだれかに押《お》された。ふりむくと、小さい男の子が立っていた。

「ちょっとどいて。犬も」とその子はいった。

「ごめん」

わたしは玄関をふさぐように立っていたのだ。サブといっしょに道をあけた。漫画本を二、三冊《さつ》胸に抱《だ》いたその子はだまって家に入っていった。この店は子どもたちにはよく知られているみたいだ。みんな、ここで五円か十円払って漫画を借りているのだ。こういう店があったなんてなあ。わたし、ぜんぜん知らなかった。家に帰ったらお兄ちゃんに話してみよう。お兄ちゃんは漫画週刊誌をいつも自分のおこづかいで買ってるもん。こんな店があると知ったら、きっとびっくりするだろう。

サブはさっきのけんかは忘《わす》れたような顔をして、わたしのそばでおとなしくすわって桃色の舌をだしたり入れたりしていた。

わたしは家の様子《ようす》をしっかり頭に入れておきたくて、家をじっくりと見た。黒い屋根《やね》瓦《がわら》、すずらんの花みたいな形をしている外灯《がいとう》、格子《こうし》のはまったガラス戸は下から三分の二ほどはすりガラスで、上のほうは透明《とうめい》になっている。木と土の壁《かべ》でできている家のなかには襖や障子《しょうじ》もある。家の奥のほうからなにかを煮《に》ているいい匂いがただよってきていた。おでんみたいな匂い。ふっと、ずっとまえに、わたしはここに来たことがあるような、なんだかとてもなつかしい気もちになった。

みっちゃんが店からでてきた。

「サブをありがとう」

みっちゃんはわたしの手からサブの鎖を取った。

「何冊借りたの?」

「きょうは二冊だけ」

「こんど読ませてよ」とわたしはいった。

「うーん」と、みっちゃんは下をむいて、それから「家で漫画を読んでると、お母さんにしかられるの。貸本を借りてることは、お母さんにはないしょなの。あのね、わたしね」と、そこで言葉《ことば》を切った。

みっちゃんは何歩か歩いてから、「あのね」とわたしの顔を見た。「わたし、漫画を隠して家に持《も》って帰《かえ》ってるの。お便所《べんじょ》とか、たんすの陰《かげ》とかで読んでるのよ。貸本のことは秘密《ひみつ》なの。だから、悪いけど、だれかに見せたりはできない。お母さんに見つかっちゃうかもしれないから。そしたら、もう漫画を借りに来られなくなるし」

「あ、わかるよ、そういうの。いいよ。気にしないで」とわたしはいった。

みっちゃんといっしょに来た道をもどっていった。お寺の横を通りすぎ、狭い路地を抜けると、もとの通りにでた。

「じゃあ、さよなら」とみっちゃんはいった。

「うん、さよなら」とわたしもいった。

わたしはしゃがんでサブの頭をなでた。サブはしっぽをぱさぱさとふった。

「じゃあね」と立ちあがってから、「みっちゃん、この道をずっと歩いていっても喫茶ダンサーってお店はないの？」とたずねた。

「さあ、わたしわからない。このまえもきいたよね」

「うん。この近くにあるような気がするんだけど。きいたことない？」

「わたし、お母さんにきいてみようか？」

「ううん、いい」

「また遊《あそ》ぶ？」とみっちゃんはいった。

「うん」

ばいばい、とわたしは手をふった。

みっちゃんは大きくうなずいた。

わたしは来た道をもどっていった。喫茶ダンサーはいったいどこにあるのだろう。

T字路のところまで来て、角をまがるまえに後ろをふり返った。道のずっとむこうにサブを連れたみっちゃんの後《うし》ろ姿《すがた》が見えた。

わたしは少しのあいだ、みっちゃんとサブを見ていた。

みっちゃんはふり返らなかった。

わたしは角をまがった。

9

きょう学校に行ってから、と納豆《なっとう》をかきまぜながら考えた。四年生の教室に行ってみよう。

美里《みさと》小学校は全校生徒《ぜんこうせいと》が六百人くらいだと思う。四年生も五年生とおなじで三クラスだとすると、生徒数は百人くらいなんじゃないかな。そのなかからみっちゃんをさがしだすのは、そんなにむずかしいことじゃないはずだ。

「はしがとまってる」

洗面所《せんめんじょ》に行きながらママがいった。

わたしは納豆をごはんにかけた。

きょう学校に行ったら、と考えるのはひさしぶりだった。こっちの学校に転校《てんこう》してきて三か月近くたつのに、いまでもわたしにはちょっとおじゃましています、という気もちがある。前の席《せき》の菱本《ひしもと》さんや、となりの席の野田《のだ》さんとはいろんな話をするようになったし、クラスの人のことはだいたいわかってきたけれど、よそのクラスの人のこととなると、ほとんどわからない。

「すぐに仲《なか》よしの友だちができるよ」とママはいっていた。

まえの学校で仲よしだったゆかりちゃんは、わたしが転校することになったと話すと、「え、朋《とも》ちゃんち、家を買ったの？　いいなあ」と、家のことのほうに興味《きょうみ》があるみたいないい方をした。

ゆかりちゃんは古いアパートに住《す》んでいた。ゆかりちゃんのお父さんは、まえは大きい石油《せきゆ》会社に勤《つと》めていて、そのときには会社の社宅《しゃたく》に住んでいたのだけれど、「工場が閉鎖《へいさ》されることになったので社宅を明けわたさなくちゃいけなくなって、それでとりあえずアパートに移《うつ》ったの」と、ゆかりちゃんはいっていた。「そのうち家を建《た》てるから、それまでのあいだだから」とゆかりちゃんはお母さんにいわれていて、そのときをずっと楽しみにしているのだ。だから、ゆかりちゃんは、わたしが転校するということより、うちが家を買ったことのほうに気もちがひきつけられたのかもしれない。「いいな、いいな」とゆかりちゃんは、ほんとうにうらやましそうにいった。そして「こんどの朋ちゃんの家を見たいなあ。遊《あそ》びに行ってもいい？」といった。

「いいよ、おいでよ」とこたえてから、「知らない子ばっかりの学校に行くのって、どんな気がするのかなあ」と、そのことが少し心配《しんぱい》になっていたわたしは、ゆかりちゃんに相談《そうだん》するみたいにいった。ゆかりちゃんに「だいじょうぶだよ」といってほしくて。

ゆかりちゃんは「いじわるな子がいたりして」といって、くくくっとわらった。でも、すぐに、「この学校に入った新入生のときだって、ほとんど知らない子ばかりだったじゃない。でもいつのまにかなれたよね。それとおなじなんじゃないの。市内だもん。知らない町ってわけじゃないもん。こっちに来ようと思えば、バスに乗《の》ったら一人でも来れるじゃない」と、なぐさめる口調《くちょう》でいってくれた。

「うん」と返事《へんじ》して、わたしはバスの路線《ろせん》のことを考えた。新しい家へ行くには駅前《えきまえ》で一度《ど》バスを乗りかえなきゃいけない。駅前のバスターミナルにはいろんな行《い》き先《さき》のバスが発着《はっちゃく》していたから、そこでまちがえないように乗りつがないと、とんでもない方向《ほうこう》へ行くことになる。でも、と、そのときのわたしは考えた。五年生になるんだから、それぐらい簡単《かんたん》にできるようになるでしょう。

「遊びに行くからね」と、何度《なんど》かいってくれたゆかりちゃんだったのに、三か月たっても、まだ遊びに来ていない。わたしもバスを乗りついでゆかりちゃんちに遊びに行ってはいない。電話では二度話したけれど、話題《わだい》はまえの学校の友だちのだれかのことで、こっちの学校のことについては、ほとんど話さなかった。ゆかりちゃんは電話のたびに「友だち、できた?」ときいてくれたけれど、「まだ」と、二度ともわたしはこたえた。

いままでは菱本さんとも野田さんとも少しずつ仲よくなってきたし、いままでだれかからいじわるなことをされたこともなかった。それでも、わたしはときどき、自分だけが、みんなに溶《と》けこめていなくて、ぽつんとはずれて、まるで砂《すな》の上に一個《こ》だけころがっている小石になったように感《かん》じることがあった。みんながなにかの冗談《じょうだん》でわらっているとき、わたしだけ、なにがおかしいのかわからなくてわらえないときやなんかに。自分だけとり残《のこ》されているように感じた。でもきっと、とわたしは思う。そのうちじわじわと砂に埋《う》もれていって、周囲《しゅうい》になじめるときがくるような気がする。そうなればきっと、いまよりずっとリラックスできるんじゃないかな。

ママに「学校、どう?」ときかれるたびに、わたしは砂の上の小石をイメージした。小石は少しだけ砂に埋もれはじめているみたい、と思った。わたしは「うん、だんだんなれてきた」とこたえた。

たぶん、お兄ちゃんもそうなんじゃないかな、と思う。砂にころがっている小石気分なんじゃないかな。

お兄ちゃんは、朝はいつもわたしより先に家をでる。中学校が遠いから。パパとおなじくらいの時間に家をでているはずだ。パパに車で学校まで送《おく》ってもらえばいいのに、とわたしは思うけれど、中学校の校則《こうそく》では親に車で送ってもらってはいけないことになっているらしい。今朝も、わたしがリビングにおりてきたときには、パパもお兄ちゃんももう出かけてしまっていた。

うちの家があるのは、歩いて中学校に通学することになっている地域《ちいき》と、そこより遠くて自転車《じてんしゃ》通学がゆるされている地域の、ちょうど境目《さかいめ》あたりらしい。お兄ちゃんは中学に入るまえに、この家は徒歩《とほ》通学するには学校から離《はな》れすぎているから、きっと自転車通学がゆるされるにちがいない、と勝手《かって》に思いこんでいた。そうなればきっと新しい自転車を買ってもらえるはず、とリビングのパソコンでインターネット検索《けんさく》をして、いろんな自転車を見比《みくら》べ、入学式《にゅうがくしき》まえには「どっちにしようかな」と二つの車種《しゃしゅ》で悩《なや》んでいた。なのに入学してみると自転車通学にはならなかった。境界線《きょうかいせん》よりちょっとだけ学校寄《よ》りだったらしい。

お兄ちゃんは毎日、かなりの重《おも》さの通学リュックを背負《せお》って、手には部活《ぶかつ》のユニフォームなどがつめこまれているサブバッグをさげて、歩いて通学している。

「いやじゃないの」と、自分も再来年《さらいねん》からはおなじ苦《くる》しみを味《あじ》わうことになりそうなので、わたしはお兄ちゃんにたずねた。

お兄ちゃんは「いやっていえるの？」ときき返《かえ》した。

お兄ちゃんも学校でのいろんなことについて、言葉《ことば》では説明《せつめい》できないと思っているのかもしれなかった。

お兄ちゃんは家を引《ひ》っ越《こ》したからか、知らない子ばかりの中学校に入ったからか、それとも中学生になったからか、まえとはちょっと感じがちがってきた。どこがどう、とはっきりはいえないけれど、なんだかもう子どもでいるのはやめた、というような顔をしている。子どもあつかいしてほしくない、と思っているのかもしれない。まえほどおしゃべりをしなくなっているし、ママになにかいわれても「うん」とか「まあ」とか、短《みじか》く返事している。自分にあれこれ指図《さしず》をしないでほしいという空気をただよわせている。だまって背中《せなか》を丸めてごはんを食べている姿《すがた》がおじさんみたいに見えることさえある。「お兄ちゃん、最近老《さいきんふ》けたね」といったら、お兄ちゃんはわたしにじろっと目をむけたけれど、なにもいい返さなかった。

わたしは、みっちゃんに連《つ》れていってもらった貸本屋《かしほんや》の家のことをまだお兄ちゃんに話していなかった。

「ごちそうさまあ」と大きい声でいって、わたしははしを置《お》いた。

洗面所でお化粧《けしょう》をおえたママが部屋《へや》に入ってきた。

「忘《わす》れ物《もの》はない？」

「ないよ。行ってきまーす」

わたしはランドセルを背負った。

学校に着《つ》くと、わたしは自分の教室にランドセルを置きに行って、すぐに四年生の教室がある東棟《ひがしとう》にむかった。東棟の一階《かい》には音楽室と理科室と図書室があり、二階に三年生と四年生の教室があった。五年生の教室は西棟の二階で、二つの建物《たてもの》は通路《つうろ》でつながっていた。音楽や理科の授業《じゅぎょう》のときに東棟の一階に行くことはあるけれど、二階の教室に行くのははじめてだった。

通路を進《すす》んで東棟に入っていくと、手前から三年一組、二組、三組と教室がならんでいた。その先が四年生の教室だった。

廊下《ろうか》は子どもたちでごったがえしていた。ランドセルを背負ってる子はそれぞれ自分の教室をめざしていたし、ランドセルを教室に置いてから廊下にでてきている子たちもいた。

みっちゃんはどこかにいるはず。きっと見つけられるだろう。

わたしはまず四年一組の教室をのぞいてみた。教室のなかにはいろんな子があちこちにかたまっていた。こっちに背中をむけている子もいる。みっちゃんは髪《かみ》を短く切っていたから、と目でさがしてみてもよくわからない。だからといって、よその教室にずかずか入っていっちゃいけない気もして、出入り口のところに立ってショートカットの子をさがした。一組にはみっちゃんはいないみたいだった。

となりの二組に移った。やっぱり前の出入り口から教室をのぞいた。一組とおなじで、教室はおしゃべりの声でいっぱいで、子どもたちがあちこちうごきまわっていた。

みっちゃんはどこかにいそうな気がするのに、でもどの子でもないみたいだった。教室のなかに入っていって、一人ひとりの顔を確《たし》かめたいけれど、やっぱりそれはできなかった。三組もおなじようにのぞいてみたけれど、やっぱりみっちゃんを見つけることはできなかった。

始業《しぎょう》五分まえのチャイムが鳴りはじめた。

わたしが三組の出入り口から離れようとしたとき、教室に走りこんできた子とぶつかりそうになった。

「ごめん」とわたしはいった。

その男の子がわたしを見た。脇田《わきた》くんだった。

「あ、脇田くん。四年三組だったの」

脇田くんはおどろいた顔でうなずいた。

「わたしよ。わかるでしょ。英会話《えいかいわ》スクールでいっしょの」

「畠山《はたけやま》さん」と脇田くんはいった。

「このクラスに、みっちゃんって子いる？　下の名前しかわからないんだけど」

脇田くんはわたしの顔をじっと見て「情報《じょうほう》が」といった。それから頭をかたむけて「それだけだと、少なすぎる」といった。

たしかに、とわたしは思った。

わたしはもう一度ざっと三組の教室を見わたしてから、「また来てみるけど」と脇田くんにいった。

五年二組の自分の教室に帰っていると、三組の廊下に麦野《むぎの》さんがいた。

「おはよう、畠山さん」

麦野さんはわたしにわらいかけた。

「おはよう」

「あした、ブリリアントでね」と麦野さんはいった。

「ブリリアントね」とわたしはいった。

ブリリアントとは「光りかがやく」という意味《いみ》なのだ。それはパパが教えてくれたことだ。わたしが英会話スクールに入ることをまだきめていないときに、テーブルに置かれたままになっていたパンフレットを手に取《と》って、「すばらしい名前の塾《じゅく》じゃないか」とパパはいったのだ。「生徒が光りかがやいてるんだな」と。

麦野さんがわたしを見ていた。

「麦野さんねえ」と、わたしはいった。「あした、英会話スクールに行くんだよね」

麦野さんはまばゆそうな目でわたしの顔を見つめ、息《いき》を吸《す》ってから「行くよ」とこたえた。

「そうか。そりゃ行くよね。麦野さんは休まないもんね。あのね、わたし、もしかしたら行けないかもしれない」

「どうして？」

「えーと、ちょっとね、しなきゃいけない用事《ようじ》ができちゃって」

「用事？」

「うん。ちょっとね、行くところがあるの」

麦野さんはなにかききたそうな顔をした。

「あ、でも、行くかもしれない。あ、でも、どうだろう。行くか行かないかは、やっぱりいまはいえない」

「うん」

始業のチャイムが鳴りはじめた。

「もしわたしが休んだら、マークス先生に、畠山さんは頭が痛《いた》いそうですっていってくれる？　ね、それは嘘《うそ》じゃないから。ちょっとはね痛いから。ときどきだけど」とわたしはいった。

「わかった」と麦野さんはうなずいた。


家に帰ると、ランドセルを玄関《げんかん》のあがり口に置き、そのまままた外にでてドアにカギをかけた。

わたしはいそぎ足で歩いた。どうしてだか気もちがとてもあせっていた。ちょっとでも早く行かなければ、と思った。早くしないと、確かめられるはずのことが確かめられなくなってしまいそうな、そんな気もちだった。

みっちゃん自身《じしん》にたずねよう、と思ったのだ。きょう、学校に行ったよね、と。みっちゃんは四年何組なの、と。朝、教室にいたんだよね、と。それとも朝の会がはじまるまで運動場《うんどうじょう》にいたの？　と。

昼休みに、わたしは運動場にでてみた。遊んでいる子たちのあいだをぐるぐると歩いて、みっちゃんがどこかにいないかと目でさがした。でもジャングルジムの陰《かげ》にも、体《たい》育館《いくかん》の裏《うら》にも、学童保育《がくどうほいく》の建物の周囲をぐるっと歩いてみても、みっちゃんはいなかった。学校のどこかにいそうな気がするのに、それがどこなのかわからなかった。

遠くに英会話スクールが見えてきた。ビルの壁《かべ》には小さな看板《かんばん》がついている。「ブリリアント英会話スクール」と日本語で書かれている下に、英語《えいご》でも書かれている。ビルの前を通りすぎるときに、教室に明かりがともっているのが、表《おもて》のガラスのドアごしに見えた。

郵便局《ゆうびんきょく》とのあいだの道に入る。

まっすぐ、わたしは歩いていった。ブロック塀《べい》があって、生《い》け垣《がき》がつづいている。その先にはフェンスからはみだした木の枝《えだ》に白い花がちらほら咲《さ》いている。

ああいう花だったっけ。このまえは、なんだかちがう花が咲いていたような気がするけれど。どういう花だったか思いだそうとすると、頭のなかがぼやぼやとする。ちょっとちがっちゃってるんだけど、という気がするだけで、どこがどうちがってるかをいうことができない。

T字路《じろ》まで来ると、わたしは白い花が咲いている家の角をまがった。

きょうもだれも歩いていないな、と思ったとたん、「あ」と気づいた。この道はおとつい来た道とはちがう。

道の左側《ひだりがわ》には二階建《かいだ》てのアパートが建っている。アパートの階段《かいだん》のところに「小菊《こぎく》荘《そう》」と書かれた看板がかかっている。道の右側《みぎがわ》には古びたシャッターのおりた店。シャッターには「丸本《まるもと》自転車」と書かれている。それからガラス戸のしまった「たばこ」の店。緑《みどり》の玄関ドアの前には軽自動車《けいじどうしゃ》がとまっている。お好《この》み焼《や》き小春《こはる》があって、「帽子《ぼうし》」の看板だけが残《のこ》っている家。

理容《りよう》イノシタの赤白青のポールが近づいてきた。ポールはきょうもくるくるとまわっていた。

ということは、そのむこうには喫茶《きっさ》ダンサーがあるはずだった。

ここへ来るつもりじゃなかったんだけど、と思ったけれど、でもあの木に囲《かこ》まれた庭《にわ》に、もしかしたらオワリさんがいるかもしれないと思いなおして、そのまま歩いていった。

こんもりと庭木《にわき》のしげった庭があった。その手前に喫茶ダンサーもあった。古いガラスのはまったドアの上に埃《ほこり》をかぶった「喫茶ダンサー」の看板。

庭の入り口の木の扉《とびら》は、土曜日じゃないのに少しだけあいていた。

わたしはそっと扉を押《お》した。なかの様子《ようす》をうかがいながらそうっと入っていった。

オワリさんが家のなかに入っていく背中が見えた。

このまえ来たときには庭のまんなかに置かれていたベンチが二つとも庭の隅《すみ》に移されていて、ベンチのあった場所《ばしょ》には丸テーブルが置かれている。テーブルの周囲には丸椅《まるい》子《す》が三つ。

そのテーブルは、まえに来たときにはたしかテラスに置かれていて、オワリさんがそこで書きものをしていた。

テーブルの上にはラップのかかった大皿《おおざら》があった。ラップの下にサンドイッチがならんでいるのが見えた。それから小さいお皿が三枚《まい》とティーカップが三個。

「あらら」

声と同時に、オワリさんが家のなかからガラスのティーポットを持《も》ってでてきた。

「こんにちは」とわたしはいった。

オワリさんは緑の葉《は》が数枚入っているだけの空《から》のティーポットをテーブルに置いた。

「ミントティーをね、つくろうと思って。いまね、ひさしぶりに昔《むかし》の友だちが来るの。わたしとおなじくらいの年のおばあさんがね、二人来ます」

オワリさんは肩《かた》をすくめて、うれしそうにわらった。

わたしは後ろをふり返った。

扉はあいたままで、そこにはだれもいなかった。

「よかったら、あなたもいっしょにどう？」

「えーと」とわたしはいった。どうするのがいいかわからなかった。

「あのう、きょうは朗読《ろうどく》をしないんですか」

オワリさんは丸椅子に腰《こし》をおろした。

「そうねえ。朗読、しましょうかね。朋さんが来てくれたし。わたし、まえは毎日朗読していたのよ。とにかく読みたくて」

オワリさんは「どうぞ」と、わたしに丸椅子をすすめた。

「それが、いつのまにか、一日おきになり、二日おきになり、三日おきになって、いまでは週一回になっちゃってるけど、べつに週一ときめてるわけでもないのよ」

オワリさんはわたしを見た。

わたしは丸椅子に腰をおろした。

「そもそも、わたし、だれもきいてくれなくてもかまわない、と思っていたの。朗読していると、声が庭にみちる気がして、空のほうへ昇《のぼ》っていく気がするの。木や草や虫や、それからもっと別《べつ》のものたちもきいてくれるような気もするし。あそこのセンダンの木もね。あの木はずっとまえからあそこに立っているのよ。わたしが生まれたときにはもうあそこに立っていたの」

わたしは後ろをふり返ってみた。木は上のほうで大きく枝分《えだわ》かれしていた。

「そう思っていたんだけど、だけど、いつのまにかね、あんまりそういうものたちのことまで気がまわらなくなっていたのかなあ。いつのまにか、朗読する回数が減《へ》っちゃってた。だんだんね、年を取ると、ただ生活するだけみたいになっちゃうっていうかね。それだけで精一杯《せいいっぱい》になっちゃって。そうはなりたくないなあと思っていたのにね。あなたにわかるかな」

わたしは首をかしげた。

「朋さんが来てくれたからか、最近どういうわけだか、いろいろと昔のことを思いだすようになっちゃって。それで、ひさしぶりに昔の友だちに電話してみたの。いらっしゃいって。たまには会いましょうって」

わたしはそっとテーブルの上のサンドイッチに目をやった。エッグサンドイッチと、ハムとチーズとレタスのサンドイッチだった。

「こっちにある喫茶ダンサーって、もうやってないんですか」とわたしはたずねた。喫茶店でも、こういうサンドイッチをだしていたのかな、と思って。白い大きいお皿にうすい緑色のナプキンがしかれていて、その上にサンドイッチが少しずらしてならべてあった。

「お店はね、五年ほどまえにしめたの。ここらへんはだんだん住む人も減ってきちゃったし。このあたりのお店もほとんどやめちゃったでしょ。それに、来てくれていたお客《きゃく》さんたちもみんな年を取っちゃって。あなたにわかるかどうかわからないけれど、年を取るとね、外にでるのがおっくうになるのよ。病院《びょういん》に行くだけで精一杯ってことになるの。あなたは、まだとっても若《わか》いから、こんな話、わかんないわよね」

オワリさんは明るい声でわらった。

「はあ」

「でも、朋さんにきいてもらったらね、やっぱりきいてくれる人がいると、気分がちがうもんだなあと思ったの。なんだか、すごくなつかしいような、忘《わす》れていたことがよみがえってくるような。頭のなかに忘れていたいろんなことがいっぺんに波《なみ》のようにわあっと打《う》ち寄《よ》せてくるような、そんな感じがしてね」

わたしはオワリさんの後ろに目をやった。あけたままのガラス戸から部屋のなかが見えていた。ソファがあって、赤いひざかけが置かれている。小さなテーブルには本が何《なん》冊《さつ》か積《つ》まれている。部屋にだれかがいるような感じはしなかった。

「わたしの読むはなしってどうかな。おもしろい？」

「はい」

「ほんとに？」

オワリさんはいたずらっぽい目になって、「最近書いたおはなしを読んでみようか」といった。

わたしはうなずいた。

「きいてくれる？」

オワリさんは立ちあがった。そしてガラス戸のところでサンダルをぬいで家に入った。

わたしは周囲を見まわした。庭に面《めん》している喫茶店側の壁にはドアがあって、ガラスの窓《まど》がついていた。そこからも店に出入りできるようになっているようだった。

わたしはドアに近づいてみた。

ドアのガラス窓から店内をのぞいてみると、庭にあるのとおなじ丸テーブルが見えた。隅にソファがあり、その横《よこ》にフロアスタンドがある。奥《おく》のほうにカウンターのようなものが見えている。

「小さな店だけど」と、テラスにでてきたオワリさんがいった。「お店をやってたときも、ときどきここで朗読をしていたのよ。庭にこんなふうにテーブルを置いてね。お客さんにはお茶を飲《の》みながらきいてもらっていたの」

オワリさんはふうっと大きく息をついた。「お店をやめてしまって、毎日のように顔をあわせていた人たちがしだいに遠ざかっていくと、自分じゃそんなつもりはなかったのに、わたしの気もちもだんだんしぼんでしまっていたのかもしれないわね。いつのまにか、いろんなことへの関心《かんしん》がうすくなってしまっていたのかもしれないわねえ」

最後《さいご》のほうは、オワリさんは自分にむかっていっているみたいにきこえた。

わたしはテーブルにもどって、椅子にすわった。


雨は強まったり弱まったりしていた。窓の外は暗《くら》くてなにも見えなかった。風がふきすさんでいた。ときどきドアになにかがぶつかってくる音がしていた。

いまもまた音がする。

コン、コン。

風で折《お》れた小枝《こえだ》がぶつかってくるのはよくあることだった。

コン、コン、コン。

音がつづいている。まるでドアの外にだれかがいて、たたいているみたいだ。

でもまさか。こんな夜ふけに、こんな嵐《あらし》のなかを、だれがやってくるというのだろう。

わたしはドアの内側《うちがわ》に立って、耳をすました。

コンコン。コンコン。

たしかに、だれかがドアをたたいていた。

「どなたでしょう」

返事はなかった。

「なにかお困《こま》りですか」

コンコン。

わたしはドアの留《と》め金《がね》をはずし、ドアを少しだけあけた。

すき間からのぞいたのは鼻先《はなさき》だった。

「どなたですか」

「わたしです」とこたえたときには、ドアは鼻で押しあけられ、顔全体《かおぜんたい》がドアのあいだからのぞいていた。イノシシだった。

「どうしたんですか」とたずねると、「ちょっとだけ休ませてほしいんです」と、イノシシはよわよわしい声でいった。

わたしがドアをあけてやると、イノシシは疲《つか》れた足どりで部屋に入ってきた。

「ぬれているので、ここでいいです」と、雨にぐっしょりとぬれているイノシシは玄関マットにうずくまった。

「道に水があふれて、どの道が家につながっている道なのかわからなくて。たしかこの道だと思って歩いて、角を三度まがると、もとの場所にもどっていたり。じゃあこっちの道だと歩きはじめると、となりの山の道をのぼっていたり、で。のぼったりくだったり、まがったりもどったりで、くたくたです」

イノシシは大きく息をはいた。

「温《あたた》かい紅茶《こうちゃ》をいれたところだけれど、一杯《ぱい》いかが？」とわたしはたずねた。

「かたじけない」

イノシシは長いまつげの生えた目でじっとわたしを見た。

いちばん大きいカップに紅茶をついですすめると、イノシシはゆっくりそれを飲み、深《ふか》く息をはいた。

「おいしいお茶で体がすっかりあたたまりました。こんどこそ、わたしが帰るべき道が見つけられる気がします。どうもありがとう」

イノシシはドアをあけると、家からでていった。

雨はいくらか小降《こぶ》りになり、風もおさまりかけていた。カラカラと、なにかがころがっていく音がするなかをイノシシは歩《ある》き去《さ》った。

イノシシが寝《ね》ていた玄関マットはぐっしょりぬれていた。わたしはマットを風呂場《ふろば》にはこび、力いっぱい水気をしぼった。

それはこの喫茶店についてのおはなしなのかな、と思ったけれど、そんなことはやっぱりたずねちゃいけない気がした。わたしはだまって拍手《はくしゅ》をしたけれど、喫茶店のドアをあけてイノシシが入ってくる様子を想像《そうぞう》していた。

「長いあいだ、思いださずにいた子どものときのことを、どうしてだか、このごろしきりに思いだすの。あなたみたいな若い人がききに来てくれたからかもしれないわね」

わたしはもじもじした。だってわたしは偶然《ぐうぜん》来てしまっただけだったから。

「子どものときの出来事《できごと》じゃなくて、子どものときに感じていた、なんていうか、なんとなくの気もち。そういう気もちって、どっかに消《き》えてしまうと、それっきりになってしまいそうなものだけど、そういう気もちがね、ふっとよみがえってくるの」

よくわからなかったけれど、わたしはうなずいた。目の前のラップのかかったサンドイッチを見つめた。

「ちょっと辛《つら》いような、さみしいような気もちっていうか」

「お母さんにしかられたときの気もちみたいな？」

オワリさんは「え？」といって、それからわらった。「親にしかられると、気もちがもやもやして、くやしい気もちになったわ。そうだった、思いだした。そういうときにわたしはね、そのセンダンの木のそばにしゃがんで、木の根元《ねもと》にむかって、くやしい気もちをしゃべったの」

「木に？」

わたしはまたふり返って木を見た。ひろげた枝に葉がしげっていて、風にかすかにゆれていた。

「木って、きいてるんですか」

「そうよ、きいてるの。見てもいるわ」

オワリさんはふふふっとわらった。「そのセンダンの木はわたしを子どものときから見ているし、わたしの気もちも知っているはず」

「大事《だいじ》な木なんですね」

「そうよ。とってもね」

わたしはもう一度センダンを見た。あらためて見ると、その木は大きくて堂々《どうどう》として見えた。

そのとき、女の人が庭に入ってきた。

「いらっしゃい、クマイさん」とオワリさんはいった。

「おひさしぶり」とその人はいった。

クマイさんという人はレンズにうすい色のついた眼鏡《めがね》をかけていた。足首まであるワンピースを着《き》て、肩には赤いスカーフをかけていた。オワリさんとおなじくらいの年の人だった。

「わたしのお友だち」と、オワリさんはわたしにいった。

それから「もうすぐヤマウチさんも来るわよ」と、それはクマイさんにいった。

「ヤマウチさんね、会いたいわあ」とクマイさんはいった。

「でしょう？　ひさしぶりですものね」

「そうよ、何年ぶり？　四、五年ぶりかしら。ダンサーがしまってからは会っていないもの」

そういって、うふふ、とクマイさんはうれしそうにわらった。

「でしょう？」とオワリさんもわらった。

「わたし、もう帰ります」とわたしはいった。

「あら、どうして。いればいいのに。せっかくじゃないの」とクマイさんはいった。

「新しいお友だちでしょう？」

「え」とわたしはいった。友だちだなんて、と思った。

わたしは「ちがいますよ」というつもりで手を横にふった。それからオワリさんに「さようなら」といった。

「そう？　残念《ざんねん》だけど。でも、朋さんもいろいろご用がおありでしょうからね、とめはしませんよ。じゃあまたね」とオワリさんはいった。

わたしは庭をでるまえに、そばに立っているセンダンの木を見あげた。どこにでもある普通《ふつう》の木だと思っていたのに、なんだか特別《とくべつ》な木のように見えた。

10

「行きたいところへは行けなくて、行こうと思っていないところに行ってしまうってこと、ある？」と、わたしはお兄ちゃんにきいた。

あの道のことを考えようとすると、どうしても頭のなかがごちゃごちゃしてくる。T字路《じろ》のところをまちがえないように気をつけてまがったつもりでも、いつのまにか、どこかでちがう道に入りこんでしまっているのだ。あの道と、もう一つの道がどこでどうつながっているのかがわからなかった。それとも、わたしがやっぱり曲《ま》がり角《かど》をまちがえちゃっているんだろうか。この一週間、何度も考えた。でも、いくら考えてもわからなかった。

お兄ちゃんはリビングのソファに寝《ね》そべったまま、リモコンでテレビのチャンネルを変《か》えていた。

「そんなのしょっちゅうだよ」

お兄ちゃんはリモコンをわたしにむけて、いった。

「そうなの？」

「朋《とも》ねえ、人生ってことについていおうとしてるんだろ。おとなのまねなんかして、そんなまわりくどいいい方をするなんて、自分じゃかっこいいと思ってるのかもしれないけど、かっこよくない。ぜんぜん」

お兄ちゃんはリモコンをテーブルに置《お》いた。

「ほら、見て。そんなことを考えるより、焼《や》いたピーマンが味噌汁《みそしる》の具《ぐ》になるってことを知ってたほうが生きるうえではずっとプラスになるよ」と、お兄ちゃんはテレビ画面《がめん》に目をやったまま、いった。

テレビでは料理《りょうり》番組をやっていて、テフロンのお鍋《なべ》で炒《いた》められたピーマンの上に、だしがそそがれているところだった。

「意外《いがい》にねえ、あうんですよ、こうばしいピーマンとお味噌」

料理の先生らしい人がいった。「お鍋も一つですむでしょう」

「食べたくなーい」とわたしはいった。

「食べたほうがいいものと、食べたいものとはちがうって話。わかる?」

お兄ちゃんはため息《いき》をつくようにいった。お兄ちゃんはこのごろ、ほんとうはなにも話したくないんだ、というような話し方をする。このまえママに成績《せいせき》のことであれこれいわれたからかもしれないけれど、お兄ちゃんがゆううつそうな声をだすようになったのはもっとまえからのような気もする。だんだんと、いつのまにかお兄ちゃんは口数が少なくなっていて、このごろでは家族《かぞく》ともあまりいっしょにいたくないみたいだ。小学生だったときのお兄ちゃんはよくしゃべっていたし、テレビのお笑《わら》い番組を見てはげらげらわらっていた。あれは、家が狭《せま》かったからそうするしかなかったんだろうか。

「食べたほうがいいものって、つまり将来役《しょうらいやく》に立つなにかってこと?」とわたしはいった。

「もういいよ。話したくない」とお兄ちゃんはいった。

お兄ちゃんはまだ散髪《さんぱつ》に行っていなかった。

「わたしがききたかったのはね、迷子《まいご》にならない方法《ほうほう》だったんだけど」

お兄ちゃんはちらっとわたしの顔を見た。でも、なにもいわなかった。

「お兄ちゃんは貸本屋《かしほんや》ってところに行ったことある？」

「なに屋？」

「漫画《まんが》の本がいっぱいあって、一冊《さつ》五円とか十円とかで貸《か》してくれるお店、といってもそこは普通《ふつう》の家なんだけどね。玄関《げんかん》から入ったところの棚《たな》に漫画がいっぱいならんでるの」

「五円？　そんなお金でなにかできるといってる時点で、もうそれがいいかげんな話だってことがばれてるよ」

「ちがうよ」

わたしはいったけれど、お兄ちゃんはもうなにもこたえたくないという顔をしていた。

ママは晩《ばん》ごはんのあと食器《しょっき》を洗《あら》いおわって、いまは冷蔵庫《れいぞうこ》にもたれてスマホでだれかとしゃべっている。

このまえの水曜日はパパの誕生日《たんじょうび》だったけれど、ママはまえに予告《よこく》したとおり、夕食に特別《とくべつ》な料理をつくらなかった。その代《か》わり、あしたの土曜日に、いつもは早く帰れないパパが「今週の土曜日は早く帰れそうだ」といったので、ささやかなお祝《いわ》いの会がひらかれることになっていた。「ささやかな」といったのはママだけれど。

あのときのけんかのあと、パパとママが誕生日のお祝いについてあらためて話をしたのかどうか、わたしにはわからない。

パパはとにかく、いつも忙《いそが》しそうにしているから、なにかについてゆっくり話したりする時間なんてなさそうだった。朝も、わたしと顔をあわせることはめったにない。たまに階段《かいだん》をおりていくときにパパが玄関で靴《くつ》をはいていることがあるけれど、パパは「遅刻《ちこく》しちゃだめだぞ」と、きまりきったことをわたしにいうだけだ。夜帰ってくるのはだいたい八時をすぎてからだ。

仕事《しごと》が休みの日には、わたしが学校から帰るとリビングでテレビを見ていることもあるけれど、たいていは家にいなかった。パパは休日は昼ごろまで寝ていて、午後は一人で海のほうにドライブしたり、たまに山のほうへも行っているらしかった。週に一日くらいは、だれにも会わずにすごしたいから、とパパはいっていた。その「だれにも」に、わたしたち家族も入っているのかな、と思って、「だれにもって?」ときくと、「お客《きゃく》さんと顔をあわせそうなところへは行きたくないからね」とパパはこたえた。

きのうの晩、「あさってのパパの誕生会に、ギリシャ料理のムサカをつくろうかなと思ってるんだけど」と、ママはわたしにいった。「それともハンガリー風ロールキャベツとどっちがいいと思う?」

わたしは、どっちの料理も食べたことがあるのかどうか思いだせなかった。

「どっちでもいいんじゃない?」とわたしはこたえた。

「イタリア風ミートキャセロールとか」と、ママは古ぼけた料理本のページをめくりながらいった。「スコットランド風シチューっていうのは簡単《かんたん》そう」といって、ページをめくった。

「チキンとえびのガンボ」

「行ったことのない国の料理って、どうやってその国ふうになっているかどうかを確《たし》かめられるの?」

「え?」とママはわたしを見た。「そこは確かめなくてもいいの。なんていうか、異国《いこく》風味《ふうみ》ってことで」

「わかんない」とわたしはいった。

「そうか。じゃあやっぱりナスとひき肉でムサカをつくろうかな。あとは、えーとアボカドのサラダと、中華《ちゅうか》おこわと、お刺身《さしみ》かな。それからニラ玉」

「そのメニューにニラ玉が入るの？」

「パパは昔《むかし》からニラ玉が好《す》きなの」とママはいった。


ママはまだキッチンで、スマホで話をしている。「そうなの、そうなのよ」といっている。

お兄ちゃんがキッチンに入っていった。キャビネットをあけて細長いグラスを取《と》りだしている。またコーヒーフロートをつくるんだな、とわかる。

ママが「じゃあねえ」と電話を切って、キッチンからでてきた。

「晴太《はるた》ねえ、安村《やすむら》さんとこの祐一《ゆういち》くん、週三回塾《じゅく》に通ってるんだって。しかも祐一くんはバスケットのレギュラー選手《せんしゅ》にもなってるんだって。部活《ぶかつ》も毎日やっているんだって。がんばってるよねえ。部活のあと、いそいで家に帰ってごはんを食べて、そのあとお母さんが車で祐一くんを塾に送《おく》って、夜八時から十時まで勉強《べんきょう》してるんだって。それから家に帰って、また一時ごろまで勉強しているらしいわよ。やっぱり中三ともなると、それくらいはみんな勉強してるのねえ」

ママは、冷凍庫《れいとうこ》からアイスクリームを取りだしているお兄ちゃんにいった。

お兄ちゃんは返事《へんじ》をしなかった。

「わたしはそんなのいやだ」と、わたしはお兄ちゃんの代わりに返事してあげた。「たいへんすぎる」

「みんな、がんばってるのよ」

ママはソファに来て、わたしのとなりに腰《こし》をおろした。

「どうしてがんばるの？」

「努力《どりょく》することは大切でしょう」

「いやなことは努力できないよ」

「朋は英会話《えいかいわ》スクールにいやいや行ってるの？」

「どうかなあ」とわたしはいった。

ママはわたしの顔を見ている。

「わかってるよ、将来、役に立つんでしょ」とわたしはいった。

お兄ちゃんがコーヒーフロートのグラスを持《も》ってキッチンからでてきた。ダイニングテーブルに、アイスクリームが浮《う》かんでいるグラスをそっと置いた。

「高校入試《にゅうし》なんて、すぐよ。いまのうちから準備《じゅんび》しておかなきゃ」

ママはダイニングテーブルのお兄ちゃんにいった。

お兄ちゃんは返事をせずに、カップに残《のこ》ったアイスクリームをスプーンですくって食べはじめた。

「ママのいってることって、たぶん正しいんだよね」とわたしはいった。

「たぶん？」

ママはきっとした目でわたしを見た。

「なんでもない。お風呂《ふろ》に入りまーす」

わたしはソファから立ちあがった。

リビングのドアをあけたとき、後ろからママが「朋のソックス、汚《よご》れてるわよ。汚れたソックスで歩きまわらないでっていってるよね」といった。

わたしは返事をしなかった。

11

わたしが家をでるときには、ママはもうでかけていた。

ママは夜のパパの誕生会《たんじょうかい》のための食材《しょくざい》やワインを買いにいったのだ。「ケーキも、やっぱり用意《ようい》したほうがいいかな?」と、でがけにママはわたしにきいた。

そういうことは、ママはまえはお兄ちゃんにきいていた。だけど最近《さいきん》では、ママがなにをきいても、お兄ちゃんが「さあ」とか、「いいんじゃないの」とか、ろくな返事《へんじ》を返《かえ》さないので、このごろではわたしにきくようになっていた。でも、だからといって、ママがほんとうにわたしの意見《いけん》をききたがっているのかというと、そうでもなさそうだった。自分の考えをまとめるために、だれかに質問《しつもん》してみているだけなんだと思う。それがママの癖《くせ》なのだ。ママはいつも、答えはちゃんと自分で持《も》っている。

「ケーキ、買おうよ。ローソクも立てようよ。四十……えーと何本だっけ?」とわたしはいった。

「うん、でも、パパはやっぱりお酒《さけ》だから。飲《の》みはじめるとケーキなんて食べないよ。そうねえ、晴太《はるた》と朋《とも》のぶんだけショートケーキを買ってこようか」

ママは靴《くつ》をはきながら、ちゃんと自分で答えをだしていた。

お兄ちゃんはママよりも先に出かけていた。期末試験がもうじきはじまるから部活は休みになっているはずなのに、お兄ちゃんはいつもの時間に出かけていった。ユニフォームではなく、Tシャツにジーンズという格好《かっこう》で。最後《さいご》に塾《じゅく》バッグを持って家をでたわたしはドアにカギをかけた。わたしは、でも英会話《えいかいわ》スクールには遅《おく》れて行くしかない、と考えていた。

曲《ま》がり角《かど》に、たしかつるバラが咲《さ》いている家があった、と、ゆうべお湯《ゆ》のなかで、わたしは思いだしたのだ。ふっとその情景《じょうけい》が頭に浮《う》かんできたのだ。もしかしたらあの家が目印《めじるし》になるんじゃないかな、と思った。あのつるバラの咲いている家の角をまがっていったら、その道はきっとみっちゃんの家につながっているはずだ。

そのことに思いあたって、そしたら、そのことを確《たし》かめたくてたまらなくなったのだ。

朝、ママに「ちょっと出かけてきてもいい？」ときくと、「お掃除《そうじ》、手伝《てつだ》って」といわれた。

「お誕生会をするのに、汚《よご》れた部屋《へや》でするのはいやでしょう。ママが掃除機《き》をかけるから、朋は床《ゆか》をふいてちょうだい。それから玄関《げんかん》のタイルもみがいて。ママはテーブルクロスにアイロンもかけなきゃいけないし、グラスもきれいに洗《あら》いなおしておきたいし。そうだ、お庭《にわ》もついでにはいておいて」と、ママはわたしに用事《ようじ》をいっぱいいいつけた。

「お兄ちゃんにも、お手伝いをするようにいってよ」と文句《もんく》をいうと、「お兄ちゃんは勉強《べんきょう》があるんじゃないかな」とママはこたえた。

結局《けっきょく》、午前中はママのお手伝いをして家からでられなかった。だから、わたしは英会話スクールに行くまえに、つるバラが咲いている家の角がどこにあるかを、大いそぎで確かめに行くつもりだった。ちょっとぐらい遅れてもだいじょうぶなんじゃないかな、と考えていた。そんなことまでマークス先生がママに電話で話すとは思えなかった。

わたしは英会話スクールの前をいそぎ足で通りすぎた。二時までにはまだ二十分くらいあるはずで、生徒《せいと》はまだだれも来ていないみたいだった。わたしは郵便局《ゆうびんきょく》とのあいだの道へと入っていった。

先週の土曜日、わたしはちゃんと英会話スクールに行った。

授業《じゅぎょう》がはじまる五分まえに教室に入っていくと、マークス先生はもう教室にいて、「グッド　アフタヌーン、朋」と、わたしににっこりわらいかけてくれた。

「グッド　アフタヌーン」とわたしはこたえた。

麦野《むぎの》さんは先に来ていて、にこにことわたしにわらいかけてくれた。

わたしはいつものように麦野さんのとなりの席《せき》についた。

その日勉強したのは、「アイ　キャン　シング　ベリー　ウェル」のページだった。「わたしはとても上手に歌えます」っていう意味《いみ》、というのはマークス先生が教えてくれたことだ。テキストにもそう書いてある。女の子が歌を歌っているイラストもある。「シング」に代《か》わる言葉《ことば》を英語《えいご》でいうことになった。「キャン」というのは「できる」という意味だから、なにか、自分ができることをいわなきゃいけないのだ。

みんなは「クック」とか「スイム」などとこたえていた。脇田《わきた》くんは「アイ　キャン　プレイ　ベースボール　ベリー　ウェル」とこたえて、先生に「グレイト」といわれた。「野球《やきゅう》をする」というのは「プレイ　ベースボール」で、脇田くんは二つの単語《たんご》を使《つか》ってみせたのだ。

つぎの人が脇田くんをまねして「プレイ　バレーボール」とこたえると、先生は「バレーボール」を「ヴァレーボール」と直した。「ヴィ」の発音《はつおん》ですよ、と。

わたしは、自分ができることをなにかいわなくちゃ、とあせった。でも、だれかにむかって自信《じしん》をもって「これができます」といえるほどのものは思いつかなかった。

「朋」と、先生がわたしを見た。

「えーと」と考えてから「アイ　キャン　イート　ベリー　ウェル」とこたえた。

わたしは好《す》ききらいがないから。ママから「朋のいいところは、好ききらいがないところ」といわれたこともあるし。

マークス先生はわらった。つられるように、みんなもわらった。

先生はなにかいいたそうな顔を一瞬《いっしゅん》したけれど、「オーケー」と、ゆっくりとうなずいた。

たぶん、わたしはちょっとへんなことをいっちゃったのだ。なにがへんだったのかはわからなかったけれど。

麦野さんは「アイ　キャン　プレイ　ザ　ピアノ　ベリー　ウェル」とこたえて、先生に「グレイト」といわれた。

テキストのつぎのページをめくってみると、ちゃんとそう書いてあった。女の子がピアノをひいているイラストも描《えが》かれていて、その下に「can は動詞《どうし》とセットにして使うんだよ」と書いてある。

麦野さんはちゃんと予習《よしゅう》もしてきているみたいだった。それに、麦野さんはほんとうにピアノが弾《ひ》けるのかもしれなかった。だけどわたしには、「ザ」の意味がわからなかった。なんで「ピアノ」じゃなくて、「ザ　ピアノ」なのか。でも、そのことを先生にたずねる勇気《ゆうき》はなかった。またわらわれるのはいやだった。

授業の最後に、先生は「understand」と、ホワイトボードに書いた。「きょうはこの言葉をおぼえてください」と先生はいって、ゆっくりと「アンダースタンド」と発音してみせた。

わたしはノートに「understand」と書き、「アンダスタンド」とカタカナで書いた。「わかる」という意味だ。それはわかる。先生がよく使う言葉だから。

「アンダスターンド？　朋」と先生はときどきわたしにきいた。

「イエス」と、わたしがこたえると、先生は「イエス　アイ　ドゥー」と、正しくいいなおした。そういうときの「アイ　ドゥー」ってなんなのか、と思ったけれど、わたしはそんなこともきき返すことができなかった。

雲のようにもやもやと、英語はただ頭のなかにひろがっていくばかりだった。よくわからない言葉があいまいにひろがっていって、なにもかもがあいまいで、ぼんやりとしてくるのだった。

T字路《じろ》まで来ると、角に立っている家の塀《へい》にはたしかに黄色いつるバラが咲いていた。このまえ見たときにはもっとたくさん咲いていたと思ったけれど、いまではかなり散《ち》ってしまっていた。

わたしはその曲がり角をすばやくまがった。せっかくここまで来たんだし、ちょっとみっちゃんの家まで行ってみようと思った。

木造《もくぞう》の倉庫《そうこ》があって、そのむこうどなりには金沢荒物店《かなざわあらものてん》がちゃんとあった。

わたしは走りだしかけたけれど、ふと立ちどまって、つるバラの咲いている角までもどった。そこから英会話スクールのほうを見た。そっちはぼんやりとかすんでいた。まえも、たしかそんなふうに見えていた。雨のあとなんかに霧《きり》がたちこめたような感《かん》じだった。いま歩いてきたばかりなのに、はっきりと見通せなかった。

わたしは向《む》きを変《か》え、走って金沢荒物店の前を通りすぎた。店先にはじょうろやほうきなどがならんでいた。道の反対側《はんたいがわ》には、おなじ造《つく》りの木造の家がならんでいる。その家は右と左におなじように格子戸《こうしど》と窓《まど》がある。ならんでいる家と家とのあいだに路地《ろじ》の入り口があった。その路地は、このまえみっちゃんといっしょに貸本屋《かしほんや》に行った道だった。そこを通りすぎていきながら、いまわたしだけであの道を進《すす》んでいっても、その先にはやっぱり貸本屋はあるんだろうか、と考えた。そしたら急《きゅう》に気もちがぐらぐらっとした。こわいような、なにかよくないことが起《お》きそうな不安《ふあん》な気もちになった。どうしてだか、なにかにつかまってしまいそうな気がしたのだ。そのなにかにつかまってしまったら、二度《にど》と家には帰れないような、そんな気がした。

道のずっとむこうにだれかがいるのが見えた。あかしあ食堂《しょくどう》をすぎて、新聞販売店《はんばいてん》をすぎ、帽子屋《ぼうしや》の前あたりまで来ると、女の子だとわかった。女の子が何人かいる。あのレンガ塀のところだ。

塀の上にみっちゃんが立っているのが見えた。

わたしはゆっくりと近づいていった。

レンガ塀の畑《はたけ》に寄《よ》ったところに、みっちゃんは立っていた。そのみっちゃんとむきあうように、塀の下に三人の女の子が立っていた。

そのなかの一人がみっちゃんにむかって、強い口調《くちょう》でなにかいっていた。

「あんたがワタルくんをさそったの？」

背《せ》の高いその子はみっちゃんに、問《と》いつめる口調でいった。

みっちゃんが小さい声でなにかこたえた。

「そっちがさそわなかったら、ワタルくんがササキそろばん教室に入ったりするわけないでしょ。あのね、ワタルくんは、そろばんなんか、ぜんぜん好きじゃないんだからね」

それは二番目に背の高い子がいった。

「知らないもん」

塀の上からみっちゃんはこたえた。

わたしはみっちゃんの家の門のところで立ちどまった。

「ワタルくんはね、ユミちゃんといっしょにずっと習字《しゅうじ》教室に行ってたのに、先週で習字教室をやめちゃったんだよ」

ね、といちばん背の高い子がいちばん背の低《ひく》い子にいった。

その子は「うん」とうなずいた。泣《な》きそうな顔をしているその子がユミという子らしかった。

いちばん背の高い子がわたしを見た。

とっさに、わたしは塀の上のみっちゃんを見た。

みっちゃんがわたしを見た。みっちゃんの顔がふっとやわらいだ。

「あんた、だれ」と、いちばん背の高い子がわたしにいった。

「みっちゃんの友だち」とわたしはいった。

「嘘《うそ》ばっかし」

二番目に背の高い子がいった。

「嘘じゃないよ」

わたしは一歩、三人に近づいた。

「そこにいて。あんたはこっちに来ないで。うちら、この子と話してるの。大事《だいじ》な話なんだから、入ってこないで」

みっちゃんは困《こま》ったような顔をしていた。肩《かた》がうごいたので、大きく息《いき》をついたのがわかった。

「だからね。ユミちゃんはずっとワタルくんと仲《なか》よしだったし、ワタルくんだってユミちゃんちでいっしょにテレビのプロレス中継《ちゅうけい》を見たりもしてるの。仲よしなの。あんたなんか、そんなことも知らないんでしょ。なまいき」

いちばん背の高い子は一歩塀に近づいた。

ユミちゃんと呼《よ》ばれている子が小さく足踏《あしぶ》みをした。

「ユミちゃんがかわいそうだと思わないの？」

二番目に背の高い子も塀に一歩近づいた。

「わたし、知らない」

みっちゃんは空のほうを見ていった。

「あんた、もしかして、ワタルくんの家に遊《あそ》びに行ったりもしてるの？」

いちばん背の高い子は塀のそばまで行き、手を伸《の》ばしてみっちゃんの足首をつかんだ。

「離《はな》して」

みっちゃんはつかまれた足をうごかそうとして、よろけた。

二番目に背の高い子がかん高い声でわらった。

「みっちゃんが落《お》ちるじゃない。あぶないよ」

わたしはさらに三人に近づいて、いった。

三人がわたしを見た。

「三対《たい》一って、フェアじゃないよ」とわたしはいった。

いちばん背の高い子はつかんでいたみっちゃんの足首から手を離した。

「あんた、何年？」とその子がきいた。

「五年」とわたしはこたえた。

「何組？」

「二組」

「わたしは五年一組だけど、あんたなんか見たことないからね。嘘ついてるでしょ」

その子がわたしのほうに近づいてきた。

「わたしだって、あんたのことなんて知らない」

「あんた、知らないんでしょ、なんにも。だったらよけいな口だししないでよ」

二番目に背の高い子がいった。

「みっちゃんとあんた、友だちなの？　だったら、あんたからみっちゃんにいってよ。ユミちゃんからワタルくんを取《と》るなって。そんなこと、子どもがしていいことじゃないでしょ」

いちばん背の高い子はわたしのすぐ前に立つと、あごをそらしていった。

わたしは、ふっとわらった。「取る」といういい方がおかしかったし、「子どもがしていいことじゃない」といういい方もへんだった。

「なににやついてるの。なにがおかしいの？」

「べつに」

わたしは手を顔の前でふった。

「あんた、ふざけてるの？」

いちばん背の高い子はわたしの肩を突《つ》いた。

わたしはよろけた。でもすぐ、そんなことはなんでもないってことを見せるために体をたてなおした。

「ユミちゃんはワタルくんって子が好きなの？」と、わたしはユミちゃんて子にじかにきいた。

ユミちゃんはどうしていればいいのかわからない、という感じで立っていたけれど、すばやくぶるぶるっと首をふった。

「あんたには関係《かんけい》ないよ」

二番目に背の高い子がいった。

「殴《なぐ》られたいの？」

いちばん背の高い子がまたわたしの肩を押《お》した。

「やめてよ。そういうの、かっこ悪《わる》いよ」とわたしはいった。

そのとたん、わたしはいちばん背の高い子に両肩《りょうかた》をつかまれて塀に押しつけられた。

「なまいき」

その子は顔をわたしの顔に近づけるとそういって、わたしの足をけった。

「わたし、ワタルくんが好きとはいってない」

ユミという子がいった。泣《な》き声《ごえ》だった。

何秒《なんびょう》かがすぎた。わたしはじっと、わたしよりだいぶ背の高い子の顔をにらみつけていた。

前髪《まえがみ》を斜《なな》めにたらしてピンでとめているその子は、つんとあごをそらした。それからわたしから離《はな》れた。

「わたしらをばかにしたらゆるさないから」とその子はいって、「行こう」と、あとの二人にいった。

三人はわたしたちから離れて畑のほうにむかって歩きだした。

遠ざかっていく三人の背中《せなか》をわたしはずっと見ていた。

いちばん背の高い子が一度だけふり返って、にらむようにわたしを見た。ほかの二人はふりむかなかった。二番目に背の高い子はチェック柄《がら》のスカートをはいていた。スカートの肩ひもが背中のところでペケ印《じるし》にクロスしている。ユミちゃんという子は長い髪《かみ》を二つにわけて耳の上で結《ゆ》わえていた。水色のブラウスにウエストがゴムになっているスカートをはいていた。

三人はゆるくカーブしている道を横《よこ》にならんで歩いていった。そして、やがて見えなくなった。

みっちゃんはまだ塀の上にいた。

わたしはこのまえとおなじように、張《は》りわたしてある針金《はりがね》をまたいで畑に入っていった。塀に沿《そ》って盛《も》り土《つち》のところまで行き、盛り土の横に塾バッグを置《お》いてから塀によじのぼった。

そろそろと、塀の上をみっちゃんのそばまで行った。

みっちゃんは塀の上で踊《おど》っていた。というか、踊っているように見えた。両手《りょうて》を腰《こし》にあてて、よくわからないステップを踏《ふ》んでいた。それから片手《かたて》を上にあげると、その場でくるっと一周《しゅう》まわってから、片足《かたあし》でぴょんとジャンプした。

「うまーい」とわたしはいった。

みっちゃんがこっちを見た。

「また助《たす》けてくれたね。どうしてそんなに強いの？」

「わたし、強くなんてないよ」

そうこたえたけれど、でも、たしかに、みっちゃんといっしょにいるときのわたしはちょっとちがっちゃってる、と思った。みっちゃんを守《まも》りたいと思ってしまうのだ。このまえの、犬を連《つ》れた中学生のときもそうだった。なんだか自分のなかから別《べつ》の自分がぎゅんと伸びでて、その自分はとってもはきはきしているのだ。びくびくするなんてばからしいと思っているのだ。

「月光仮面《げっこうかめん》みたい」とみっちゃんはいった。

「え、だれ？　それ」

ううん、とみっちゃんは首をふった。それからまた、さっきのステップを踏んでから、その場でくるっとまわり、片足でぴょんととんだ。

みっちゃんはくすくすとわらった。おかしさがお腹《なか》のなかからわきあがってくるようなわらい方だった。

「いい？　見てて。側転《そくてん》するよ」

みっちゃんはいった。そして、このまえやったように両手をまっすぐ上にあげると、むこうへむかって側転した。

「すごい」

ふり返ったみっちゃんに、わたしはいった。

「じゃあね」

みっちゃんは塀の上からひらりと道路《どうろ》に飛《と》びおりた。そして、そのまま門のほうへ歩いていった。

「ばいばーい」

わたしはその背中にむかっていった。

「ばいばい」

みっちゃんは門から庭へ入っていった。

わたしは塀の上をゆっくりと畑の側《がわ》へともどっていった。あがった場所《ばしょ》から盛り土の上へとおりた。

塾バッグを取りあげると、わたしはいそいで畑からでた。そして、来た道を走ってもどりはじめた。

後ろはふりむかなかった。ふりむけなかった。ふりむいちゃいけない気がしていた。背中がなにかおそろしいものを感じていた。それがなんなのかはわからなかったけれど、自分がいてはいけない場所にいるような気がしはじめていた。来てはいけない場所に来ているような感じ。通り全体《ぜんたい》のふんいきと自分がちぐはぐしていて、なんだかずれている感じがするからかもしれなかった。

さっきの三人の女の子を見たときにもそんな感じがした。この子たちの感じはわたしが知ってる子たちとはちょっとちがうんだけど、と思った。あの子たちの服装《ふくそう》が、わたしの持っている服とはなんとなくちがっていたからかもしれなかった。いちばん背の高い子が着《き》ていたブラウスの胸《むね》のポケットには四角い布《ぬの》がぬいつけてあって、そこに「五年一組　木崎咲江」と書かれていた。それがあの子の名前なのかもしれなかった。でも、そんな布を名札《なふだ》の代わりに胸にぬいつけた服を着ている子なんて学校には一人もいない。それに、あの子たちがはいていた靴は、わたしたちが普段《ふだん》はいている靴とはデザインがまるでちがっていた。あの子たちはぺったんこの上履《うわば》きみたいな靴をはいていた。靴の甲《こう》のところがゴムになっていて、そこに名前が書いてあった。

あの子たち、ほんとはどっから来たんだろう、と思うと、とにかく通りから逃《に》げだしたい気もちになって、全速力《ぜんそくりょく》で走ってT字路をまがった。

わたしはもう英会話スクールに行く気にはならなかった。授業もとっくにはじまっているはずだった。息が切れそうで苦《くる》しかったけれど、わたしは走りつづけた。

道の先に見えているバス通りをバスが横切《よこぎ》っていくのが見えた。

12

パパがいつもより早い午後七時まえに帰ってきたときには、ダイニングテーブルにはママのつくったお祝《いわ》いの料理《りょうり》がならんでいた。

ならべるのを手伝《てつだ》ったのはわたしだ。お兄ちゃんはリビングにいたのに、手伝おうとはしなかった。ママもお兄ちゃんに用事《ようじ》をいいつけなかった。期末試験《きまつしけん》が近づいているからかもしれなかった。

ママはムサカというお料理をつくっていた。それからトマトサラダとタコのマリネもある。大根《だいこん》のツマがたっぷりと盛《も》られたタイとサーモンのお刺身《さしみ》の大皿《おおざら》もあった。ママは豆《まめ》ごはんも炊《た》いていた。二日まえにママがつくろうかなといっていたメニューのうち、じっさいにつくられたのはムサカとお刺身とニラ玉だった。そのうちお刺身はママが自分で魚をおろしたわけではなく、スーパーマーケットで「さく」になっているのを買ってきていた。

ママは冷蔵庫《れいぞうこ》から缶《かん》ビールを二本だしてきた。

「さあさ、晴太《はるた》」と、ママはお兄ちゃんを呼《よ》んだ。

服《ふく》を着《き》がえてきたパパがテーブルについた。

お兄ちゃんは寝《ね》ころんでいたソファから起《お》きあがって、だまってテーブルについた。

ママはパパのグラスと自分のグラスにビールをつぐと、「じゃあ朋《とも》、いって」とわたしにいった。

「え?」

「だから、誕生日《たんじょうび》おめでとう、でしょ」

「パパ、誕生日おめでとうございます」とわたしはいった。ママも声をあわせた。でもお兄ちゃんはだまってうなずいただけだった。

うんうん、とパパはうなずき、「はい、ありがとう」といってビールを飲《の》んだ。

わたしはムサカを食べ、トマトサラダを食べ、お刺身とマリネを食べた。

「おれ、豆ごはんはきらいだから」とお兄ちゃんがいった。

「あ、そうだった？」とママはいった。「冷凍《れいとう》した白いごはんがあるけど」

「知ってるくせに」とお兄ちゃんはいった。「小さいときからずっと豆ごはんはきらいなんだ」

「おいしいのに」

ママは冷蔵庫に行き、冷凍したごはんをだして電子レンジに入れた。

わたしは食事《しょくじ》をしながら、みっちゃんのことを考えていた。みっちゃんは学校で、あの子たちにいじわるをされてるんじゃないだろうか。みっちゃんはほかの子とはちょっとちがってるところがあるし。どこがちがっているのか、はっきりいうことはできないけれど、わたしと話しているとき、なんとなく、みっちゃんは頭のなかではほかのことを考えているような感《かん》じがした。ふわふわしている感じ、というか。自分からだれかにわざわざ近づいていきたいとは思っていないみたいな感じだった。

たとえばわたしなら、だれかに近づいていくときには、なんとなくその人に合わせられそうなところから合わせていこうとするけれど、みっちゃんはそんなことは考えていないように見えた。

みっちゃんが塀《へい》の上で空のほうを見てステップを踏《ふ》んでいる姿《すがた》は、まるで空からなにか音がきこえてくるのを待《ま》っているみたいに見えた。鳥の声とか。風の音？　それとも、みっちゃんにだけしかきこえない特別《とくべつ》な音かもしれない。みっちゃんは、もしかしてひとりぼっちなのだろうか。

「ひとりぼっちって、だれでもさみしいのかな」

わたしは心で思っていたことを知らないうちに口にだしていた。

「え？　ママはべつにひとりぼっちじゃないよ」とママがこたえた。

パパがふっ、と鼻《はな》から息《いき》をだしてわらった。

「ひとりぼっちの意味《いみ》は、友だちが一人もいないってこと？　それとも、だれかといっしょにいるより、一人のほうがいいと思ってる人のこと？」とわたしはいった。

あの角をまがっていくとき、わたしはひとりぼっちな気もちだったような気がした。みんなから自分だけ離《はな》れていっているみたいな。なのに、みっちゃんに会うと、みっちゃんこそひとりぼっちな子に見えるのだ。だから急《きゅう》にわたしのなかから力がわいてくるのだろうか。一人で困《こま》っているみっちゃんを守《まも》ってあげなきゃと思っちゃうのだろうか。勇気《ゆうき》がわいて、だれにでもぶつかっていけるような気もちになる。あれって、どういうことなんだろう。

「ひとりぼっちねえ。最近《さいきん》はそんなことを感じてるひまもないわねえ」

そういったママの顔は、わたしがききたいと思っていることを本気で考えている顔じゃなかった。

「どっちもじゃないかな」

パパがいった。そのとき、パパのスマホが鳴りはじめた。

「パパもときどきひとりぼっちになりたいよ」

スマホの画面《がめん》を見ながらパパはいった。

電話をかけてきたのは自動車販売店《じどうしゃはんばいてん》のお客《きゃく》さんらしかった。

「あ、どうも。畠山《はたけやま》でございます」

家ではきいたことがないやわらかな声をパパはだした。「いつもお世話《せわ》になっております」と、ていねいな口調《くちょう》でこたえながらテーブルを離れ、「はい、はい」と電話に返《へん》事《じ》しながら、リビングをでていった。

お兄ちゃんは白いごはんにふりかけをかけて食べていた。

「晴太、お刺身も食べてないじゃないの。食べなさい」とママがいった。

「おれはいい。おれのぶんは朋にあげるよ。ほんとのことをいうと、生魚は食べたくない」

「いままで食べてたじゃないの」とママはいった。

「無理《むり》して食べてた」

お兄ちゃんは、ママがお兄ちゃんのぶんを小皿《こざら》に取《と》り分《わ》けてくれたタコのマリネにもはしをつけていなかった。

「なあに。好《す》ききらいはだめ」

ママがいったとき、こんどはパソコンがのっているテーブルのママのスマホが鳴りはじめた。メールの着信《ちゃくしん》を知らせる音だった。ママは立ちあがってテーブルへ行き、スマホを取りあげるとつんつんと指先《ゆびさき》で画面をたたいた。

「ごちそうさま」

お兄ちゃんが立ちあがった。

「ちょっと晴太」とママが呼びとめた。

お兄ちゃんがママを見た。

「なにか不満《ふまん》でもあるの？」

ママはスマホをダイニングテーブルの自分のお皿の横《よこ》に置《お》いた。

「とくにないよ」

「こんやの献立《こんだて》が気に入らなかったの？」

お兄ちゃんは首をかしげると、ひと呼吸《こきゅう》おいてから「したくないことはなるべくしないでいようと思うから」といった。

「え、どういうこと？　晴太はまだまだこれから、どんなことにも積極的《せっきょくてき》に取《と》り組《く》んでいかなきゃいけないのよ。中学生ってそういう年頃《としごろ》でしょ」

「そんなこと、きりがないよ。それより、おれ、できるだけ、いやだなと思うことはしないようにするつもりだから」

「好きなことだけしていたいってこと？」

「できれば」

お兄ちゃんはすうっとテーブルから離れていった。

「食べたいものと、食べたほうがいいものとはちがうってことなんじゃないの」と、わたしはこのまえお兄ちゃんがいっていたことをいった。

「なあに。どういうこと？」とママがいった。

お兄ちゃんは知らん顔をしていた。

リビングのドアがあいてパパが入ってきたのと入れちがいに、お兄ちゃんはそのドアからでていった。

これまでずっと、お兄ちゃんはわたしよりママに大事《だいじ》にされているんじゃないかな、とわたしは思っていた。お兄ちゃんはなんでもしたいことをさせてもらってると思っていた。なのに、そういうのも、お兄ちゃんはいやになってしまったんだろうか。お兄ちゃんは無理に英会話《えいかいわ》スクールに通わせられることもなかったし、キックボードがほしいといえば買ってもらっていたし、お兄ちゃんが入っていたサッカーチームが試合《しあい》をするときにはママは一日じゅう試合会場につきっきりだった。わたしが「暑《あつ》いよ」といってもママはエアコンのスイッチを入れてくれないのに、お兄ちゃんが「暑い」というと、ママはすぐにエアコンで部屋《へや》を冷《ひ》やした。

それでもお兄ちゃんは、まだじゅうぶん自分のしたいことができていないと感じているんだろうか。わたしはため息《いき》をついた。

「朋。どんどん食べて」とパパがいった。

うん。

パパのお皿を見ると、タコのマリネだけが減《へ》っていて、まだほとんどのお料理に手をつけていなかった。

パパはビールをぐいっと飲んだ。「ワインあるの?」とママにきいた。

「あるわよ」と、ママは立ちあがった。

いまの電話の相手《あいて》とどんな話をしたのか、パパの表情《ひょうじょう》はさっきまでとはちがっていた。ふうっと、パパは小さくため息をついた。

「よくない電話？」とわたしはきいた。

「え」とパパはわたしを見て、「いやいや。ただの仕事《しごと》の電話」といった。

ママからワインのボトルを受《う》け取《と》ると、口をおおっているシールをはがし、オープナーの先をコルクに突《つ》きたてた。

「お兄ちゃんはね、散髪《さんぱつ》に行かないんだよ。野球部《やきゅうぶ》のルールを守ってないの」

わたしはパパにいいつけた。

「丸刈《まるが》りのこと？　いやだろう、丸刈りは。気もちはわかるよ」

パパはオープナーのレバーを下げてコルクの栓《せん》をあけた。

「わたしのいうことをぜんぜんきかないの、このごろ。何度《なんど》も散髪に行きなさいっていってるのに。野球部の先輩《せんぱい》や顧問《こもん》の先生からも注意《ちゅうい》を受けてるんじゃないかしら。晴太はなにもいわないからわからないけど」とママはいった。

ママはムサカもお刺身もマリネも、それにニラ玉までもちゃんと食べていた。

パパはママのワイングラスにワインをつぎ、それから自分のグラスにもついで、ゆっくりとグラスを口にはこんだ。

「うまい」とパパはいった。

「この子はこの子で、塾《じゅく》をだまってさぼったりしているし」とママはいった。

胸《むね》がどきんとした。きょうのこと、ばれてるのかな。

みっちゃんのところから家に帰ってきたとき、ママはキッチンにいた。

「ただいま」といいながら近づいていくと、ママは玉ネギをスライスしていた。ボウルにはカットしたタコが入っていた。

「あら、早いわね。塾、早く終《お》わったの?」

ママは手をとめて、わたしを見た。

「うん。アー　ユー　ハッピー?」とわたしはいった。

「ふうん」といって、ママはわたしの顔を、まるでなにかを読みとろうとするみたいに、じっと見た。

それからまた包丁《ほうちょう》をうごかしはじめ、「ちゃんと、ついていけてるの?」と、玉ネギをスライスしながらママはいった。

「なんとか」

「それならいいけど。きっとそのうち上達《じょうたつ》するから」

ね、とママはわたしを見た。

「わかりましたあ」と、わたしはママのそばを離れた。

パパはわたしの英会話スクールのことについてはなにもいわずに、はしでつまんだお刺身にお醤油《しょうゆ》をちょんとつけると、口にはこんだ。

パパの頭のなかはなにか別《べつ》のことでいっぱいになっているように見えた。それに、パパはとても疲《つか》れているように見えた。

わたしは小さかったときのことを思いだした。小さかったとき、わたしはすぐに泣《な》いていた。くやしいような気もちが爆発《ばくはつ》することもあったし、思っていることがわかってもらえなくて泣いたこともあった。でもたいていは、いろんな気もちがただごちゃごちゃするばかりだった。体のなかではいろんな気もちがからまりあっていて、なにかいいたいと思っているのに、とてもじゃないけどどんなふうにもいえなくて、しかたなくて泣いていた。泣いているときは、体がばらばらに砕《くだ》けていくような気がしていた。胸のなかに穴《あな》があいてしまったような感じだった。どろどろのかたまりが自分の内側《うちがわ》から自分を溶《と》かしはじめているような気もちだった。

そんなとき、「どうしていつまでも泣いているの」と、ママやおとなの人はきいたけれど、こたえることなんて、とてもじゃないけどできなかった。自分のなかにあるごちゃごちゃしたものを言葉《ことば》で説明《せつめい》できるわけがなかった。わたしはただ泣きつづけた。

わたしはパパを見た。

わたしの視線《しせん》に気づいて、パパがわたしを見た。ん？　という顔をした。

「パパ、ムサカ、食べてないよ。それをつくるのに時間がかかったみたいよ」とわたしはいった。

「食べるよ」とパパはいった。「どれもおいしいよ」

うん、とわたしはうなずいた。「ごちそうさま」とわたしははしを置いた。

「晴太と朋のショートケーキ、ちゃんと買ってきてあるわよ」とママはいった。

「あとで食べる」とわたしはいった。

ママはビールとワインのせいでほおが少し赤くなっている。

お兄ちゃんはもしかしたら、とわたしは思った。もうママのお気に入りの子どもでいることがいやになったのかもしれない。

「いやだなと思うことはしない」といったのはそういう意味だったんじゃないのかな。

お兄ちゃんの部屋まで行って、そうなんでしょ、と確《たし》かめたいけれど、でもきっとお兄ちゃんはちゃんとこたえてはくれない気がする。

わたしはダイニングテーブルを離れ、ソファにどさっと腰《こし》をおろした。テレビのリモコンを取りあげて電源《でんげん》を入れた。

それからお兄ちゃんがいつもしているように、クッションを枕《まくら》にしてだらっと横になった。

テレビのなかでは、みんなが夢中《むちゅう》でしゃべっていた。声を合わせてわらってもいた。テレビのなかの人はテレビを見ている人みんなに気に入られようとしているみたいに見えた。

ダイニングテーブルはしずかになっていた。パパとママはだまって食事をつづけていた。

リロリロリロ、とスマホが鳴った。ママのスマホのメール着信音だ。

ママがすばやく音をとめた。

パパはなんにもいわなかった。ママもなんにもいわなかった。

13

わたしはとてもいそいで歩いていた。

家には帰らず、学校からまっすぐあのつるバラがからまる塀《へい》のところへ行き、角をまがってみっちゃんの家に行ってみようと思っていた。

さっき、学校の昇降口《しょうこうぐち》で靴箱《くつばこ》からだした靴をはいているとき、だれかに呼《よ》ばれた気がしてふりむくと、廊下《ろうか》を麦野《むぎの》さんが走ってきていた。

麦野さんはそばまで来ると、「畠山《はたけやま》さんちの電話番号《ばんごう》をきいていなかったから電話できなかったけど」といった。

英会話《えいかいわ》スクールのことだ、と思った。

「なに？」

「マークス先生がね、休むときには家族《かぞく》のおとなの人が先生に電話をしてくださいって。理由《りゆう》をちゃんといってくださいって。だまってクラスを休んではいけませんって」

麦野さんはランドセルを背負《せお》っていなかった。二階《かい》の廊下か、階段《かいだん》のところでわたしを見かけて、それで追《お》いかけてきたのだろう。

「畠山さんに伝《つた》えてくださいっていわれたわけじゃなかったけど」

「マークス先生、怒《おこ》ってた？」

麦野さんは「うーん」と口のなかでいって、「でもないと思うけど」といった。「あのね、わたしに『朋《とも》さんと友だちですか』って先生はきいたの。わたし、『はい』っていっちゃったの」

麦野さんはあやまるようにいった。

「うん。あのね、いまね、わたし、すごくいそいでるんだ」

麦野さんに、みっちゃんのことを話してみようか、とまた思った。麦野さんをあの道にさそってみようか、と。だれかといっしょだと、きっと心強いと思う。曲《ま》がり角《かど》をだれかといっしょに確《たし》かめてみたい。

でも、そんなことはできない、とすぐに思いなおした。

麦野さんにあのT字路《じろ》のことを話そうとすれば、英会話スクールを休んでいたのは頭が痛《いた》かったからじゃなくて、ただのずる休みだったの、とうちあけなければいけなくなる。

塀の上にのぼるのが好《す》きな女の子と知り合いになって、庭《にわ》でおはなしを朗読《ろうどく》しているおばあさんとも知り合いになって、だからさぼっていたの、と話さなきゃいけない。どうやったら、その二人がいる道に行けるか、それをどうしても確かめたいの、と話したら、麦野さんはどう思うだろう。

そして、それだけじゃなくて、英会話スクールで英語《えいご》でなにかしゃべろうとすると、暗号《あんごう》みたいな言葉《ことば》に無理《むり》やり自分を押《お》しこめるみたいな気もちになることや、英語でなにかしゃべっている自分は嘘《うそ》の自分で、無理やり自分をねじまげているみたいな気がすること。自分のなかのごちゃごちゃする気もちをぜんぶ捨《す》てなきゃ英語がしゃべれない気がして悲《かな》しくなってしまう、というようなことを麦野さんに話してもいいんだろうか。

「あのね、いそいで行かなきゃいけないところがあるから、わたし帰るね。ごめんね」

麦野さんはうなずいた。どこに行くの、とはたずねなかった。

わたしは校舎《こうしゃ》をでると、走って校門へむかったのだった。

ちゃんとみっちゃんの家のある道に入っていけるのかどうかわからないまま、わたしは英会話スクールと郵便局《ゆうびんきょく》のあいだの道を入っていった。

黒い車がカーポートにとめてある家、ブロック塀につづく生《い》け垣《がき》などを見ながら、わたしは歩いていった。道の先にあるはずのT字路のほうへは目をむけないようにしていた。

自然《しぜん》に歩いていけばすうっとその曲がり角に着《つ》くはずだった。なにかをしたら、みっちゃんの家のほうへ行ける、というわけでもなさそうだった。どうしてだか、いつもすうっとその道へと入ってしまうのだ。つるバラが塀にからまっている角をまがりさえすれば。

そして、そうではない曲がり角をまがっちゃうと、その道は喫茶《きっさ》ダンサーへとのびているにちがいなかった。

だけど、どう考えてもT字路は一つしかないはずだった。英会話スクールと郵便局とのあいだの道を歩いてきて、最初《さいしょ》にぶつかるT字路をいつもまがっているのだから。

T字路は一つしかない。そして、そこをまがっていった先の道も一つ。

そのことを、何度《なんど》もわたしは考えたのだ。このまえまで、わたしは自分が曲がり角をまちがえちゃったのかと思っていたけれど、そうじゃないらしかった。いくら注意《ちゅうい》してまがっても、そこから先の通りが日によってちがっているのだ。おなじ曲がり角の先が変《か》わっている。

そのことをきょうも学校でずっと考えていた。

そんなことがあるはずない、とうち消《け》しても、でも、どうしてもそうとしか考えられなかった。だから、とにかく、どうしても、もう一度《いちど》、ちゃんと確かめてみずにはいられなくなったのだ。

そして、もう一つ気づいたことは、このことはわたしだけに起《お》きているんじゃないか、ということだった。どうしてわたしだけに起きるのか、そのわけも知りたかった。

このまえ、つるバラの曲がり角のところで、英会話スクールのビルをふり返《かえ》ったとき、歩いてきた道の先の景色《けしき》がぼやっとかすんでいた。英会話スクールのビルのあたりは白い霧《きり》のようなものにつつまれていて、まるで消《き》えかかっているように見えた。

みっちゃんの家がある通りは、もしかするといまとはべつの時間のなかにある通りなのかもしれなかった。そうだとしたら、みっちゃんはいまの時間のなかにはいないことになる。みっちゃんは幽霊《ゆうれい》なのか。

きょうの昼休み、わたしはまた四年生の教室に行ってみた。そして一組と、二組と、三組で、出入り口近くにいた子をつかまえて、「このクラスにみっちゃんて子、いる?」とたずねた。

一人の男の子は「みっちゃんて、ミツアキくんのこと?」とき返してきた。「女の子のみっちゃんはいる?」と、ほかの子にきくと、「あ、ミチルちゃんのこと?」と、知らない女の子を連《つ》れてきた。別《べつ》の子は「ミカちゃーん」と教室の後ろのほうにいる子を呼び、呼ばれてふり返った子は見たこともない子だった。

みっちゃんはこの学校にはいないのかもしれない、とわたしは思った。この学校のだれが習字《しゅうじ》教室に行ってるのかを、どうやったら調《しら》べられるのか、わたしにはわからなかったし、そろばん教室という塾のことはきいたこともなかった。このまえの三人の女の子たちの服装《ふくそう》も、なんていうか、どことなく今ふうじゃなくて昔《むかし》っぽい感《かん》じだった。

もしかしたら、みっちゃんの通りは、いまよりもだいぶ昔の通りなんじゃないか、というのがわたしの推理《すいり》だった。ならんでいるお店もなんとなくなつかしいような感じの昔っぽい構《かま》えだったし。

そんなふうに考えると、なにもかも納得《なっとく》がいくような気がしたのだ。

みっちゃんはだいぶ昔の、あの通りにお店がたくさんあったころに生きていた子どもなんじゃないのかな。

だけど、なぜ、と思った。なぜ、みっちゃんの通りにわたしだけが入っていけるんだろう。わたしがそんなことを望《のぞ》んでいたわけでもないのに。どうしてそんな道に迷《まよ》いこんでしまったんだろう。みっちゃんは、いったいだれなんだろう。

曲がり角には、あたりまえのように緑のつるが塀にからまっていて、わたしはその角をまがった。

そして、その通りがあの通りだということがすぐにわかった。

目の前に金沢荒物店《かなざわあらものてん》があった。

わたしは歩くスピードをゆるめて、ゆっくりと道を歩いていった。なぜいま、うまくこの道に入ってこられたのか、その理由はわからないままに。

通りのむこうから黒い自転車《じてんしゃ》に乗《の》った男の人がやってきた。色あせたシャツを着《き》て、麦《むぎ》わら帽子《ぼうし》をかぶったその人は、遠慮《えんりょ》のない目でわたしをじろじろ見ながら通りすぎていった。自転車の後ろの四角い荷台《にだい》には鍬《くわ》が一本くくりつけられていた。

みっちゃんは塀の上にいなかった。門の扉《とびら》もしまっていた。

耳をすますと、塀のむこうからカシャカシャと金具《かなぐ》がこすれる音がきこえていた。庭につながれているサブの鎖《くさり》の音にちがいなかった。

レンガ塀の、ところどころにあいている小窓《こまど》から塀のむこうの庭をのぞいてみたけれど、サブの姿《すがた》は見えなかった。

レンガ塀の手触《てざわ》りはしっかりとしていた。これが幻《まぼろし》であるはずがなかった。

わたしは自分の足の下を見た。立っている地面《じめん》は硬《かた》く、少しでこぼこしていた。道の端《はし》に小石がたまり、雑草《ざっそう》が地面にはうように生えていた。これが嘘であるはずがなかった。わたしは空を見あげた。空は青く、透《す》きとおっていた。

目の前の門柱《もんちゅう》を見ると、そこに「尾割」と表札《ひょうさつ》がかかっていた。なんと読めばいいのか、わたしにはわからなかった。

足音がきこえた。

帽子屋《ぼうしや》の前をみっちゃんが歩いてきていた。水色の手さげを持《も》って、うつむいて歩いている。手さげからはケースに入った四角いものがのぞいている。

みっちゃんが顔をあげた。わたしを見て、「あ」という顔になった。

みっちゃんは小走りになってわたしに近づいてきた。

「こんにちは」とわたしはいった。

「こんにちは」と、みっちゃんもいったけれど、その声はよわよわしい感じだった。

「どうかしたの？」

みっちゃんは目をそらして首をふった。

「あのね、いいたくなかったら、べつに無理にいわなくてもいいよ。だけど話してくれてもね、わたしはみっちゃんからきいた話はぜったいにほかの人にはいわないよ。というか、いえないんだよね」とわたしはいった。

だってね、わたし、たぶんいまだけこっちに来ているんだから、といいたかったけれど、いわなかった。そのことについては、うまく説明《せつめい》できそうになかったし、自分のなかでも、まだはっきりと確信《かくしん》が持てているわけじゃなかったから。

うん、とみっちゃんはうなずいて、「あのね」と、わたしを見あげた。「きょうね、そろばん教室をやめたの」とみっちゃんはいった。

わたしはみっちゃんの手さげに目をやった。手さげからのぞいているケースに入っているのがそろばんだろう。四年生のときに学校で習ったから知っている。枠《わく》のなかにならんでいる玉を上下にうごかしてたし算やひき算をするのだ。

「そうなんだ」とわたしはいった。「どうして?」

「サキエちゃんがそろばん教室に入ってきて」

「サキエちゃんて?」

「えーと」と、みっちゃんは塀のほうに目をやって、それから自分の足もとを見た。

「もしかして、このまえ、みっちゃんにいじわるなことをいってた子? あの三人のなかのいちばん背《せ》の高い子?」

「そう」

ふーん、とわたしはいった。あれからあの三人とみっちゃんのあいだに、なにがあったのだろう。みっちゃんはあのあとも、あの背の高いサキエって子からいじわるなことをいわれたりしたのだろうか。

「来週から、ユミちゃんとマリちゃんも、そろばん教室に来るんだって」

マリちゃんというのは、たぶん二番目に背の高い子だろう。

「いやがらせみたいだね」とわたしはいった。

「いいの」とみっちゃんはいった。「わたし、もともとそろばんが習《なら》いたかったわけじゃないもん。上手にもならないし。いつも答えがあわないの。お母さんに『行きなさい』っていわれたから行ってたの。『将来《しょうらい》かならず役《やく》に立つから』って。でも、『やめます』って、わたしきょう、先生にいっちゃったんだ」

「来週から、あの三人がいっしょに来るんじゃね。いやだよね」

「そうだけど。でも、そんな理由でやめるってお母さんにいったら、『だめ』って、きっと反対《はんたい》されると思うの。わたし習字もやめちゃったし。『そんなことだと将来困《こま》る』って、お母さんにまたしかられると思う。お母さんは、わたしが将来ちゃんと生きていけるようにって心配《しんぱい》してるんだと、それはわかってる。でも、わたし、自分がしたいかどうかもわからないことをがまんしてつづけたくないの。このまえ、お母さんに『親のいうことをきかずに、好きなことだけしているおまえの頭は空っぽだ』っていわれたけど、いいの。空っぽにしていたいの。わたし、もうきめたの」

「そうかあ」とわたしはいった。「そういうことがきめられるみっちゃんて強いよね。わたしだって英会話スクールをやめたいんだよ」

わたしはそういって、はっとした。そんなことを自分がいうなんて思っていなかったから。

「あ、でも来てくれてちょうどよかった。ねえ、ちょっと見てくれる?」とみっちゃんはいった。

みっちゃんは手さげをレンガ塀にもたせかけて置《お》き、畑《はたけ》のほうへむかって走っていった。角まで行くと針金《はりがね》をまたいで畑に入っていった。むこう側《がわ》から塀にあがるつもりなんだな、とわかった。

みっちゃんは塀の上をわたしのすぐ前まで歩いてくると、両手《りょうて》を上にあげてくるっと一回まわり、そのまま片足《かたあし》でとんとんとジャンプしてみせた。

「すごい」とわたしはいった。

みっちゃんはうれしそうにわらった。

「それ、新しいダンス？」

「ふふ」とわらって、みっちゃんはまた両手を上にあげてさっきとは反対まわりにくるっとまわり、とんとんとジャンプした。

わたしは拍手《はくしゅ》した。

「いい？　見てて」

みっちゃんはそういうと、両手を上にあげ、それからゆっくりと塀の上で側転《そくてん》をした。一回、二回、三回。塀の角のところまで行くと、またこちらにむかって側転してもどってきた。手も足もぴんと伸《の》びている。

「どっちの方向《ほうこう》へも側転ができるようになったの」とみっちゃんはいった。

「すごい、すごい」

わたしは拍手した。

みっちゃんは肩《かた》をすくめて、うれしそうにわらった。

「新体操《しんたいそう》の選手《せんしゅ》になれるんじゃないの？」とわたしはいった。

「え、なに、それ」

「あ、いや、いい。それより、ちょっと待《ま》ってて」と、わたしはみっちゃんにいった。

わたしは畑のほうにまわった。できるだけ畑の土を踏《ふ》まないようにして、端っこの塀に沿《そ》ったぎりぎりのところを歩いて盛《も》り土《つち》のところまで行った。そばにランドセルを置くと、盛り土にあがって塀に飛《と》びついた。

塀の内側《うちがわ》にならんでいる庭木《にわき》の枝《えだ》のあいだから、軒下《のきした》にサブがつながれているのが見えた。サブはこっちを見ていたけれど、吠《ほ》えはしなかった。わたしはそろそろと塀の上を歩いてみっちゃんのそばまで行った。

「やっぱ、高いね」とわたしはいった。むかいの家の黒い屋根《やね》瓦《がわら》が見える。そのむこうにも黒い瓦の家がつづいている。

みっちゃんは首をすくめて「うふふ」とわらった。

「みっちゃんて、一人でいたって平気《へいき》なんだね」とわたしはいった。

サキエって子や、もう一人の子にいじわるされても、みっちゃんはこの塀の上に立って、空のほうを見ていられるのだ。

「みっちゃんは大きくなったら、なんになるつもり？」

新体操のことは、きっといまのみっちゃんにはわからないだろうな、と思いながらきいた。

「えー、わからないよ、そんなこと」とみっちゃんは首をかしげた。「大きくなったらって、それは体が大きくなったらってことでしょ」

「ちがうよ。体も大きくなると思うけど、心がおとなになったらって意味《いみ》だよ」

「心って、いつおとなになるの？」

「それがねえ、わかんない」

「この心はずっと変わらないような気もするけど。このことはずっとおぼえていたいなって思うこともあるしね。いまの自分が消えて、べつの心を持った人になるっていうのはいやだな。そりゃあ、ちょっとまえのわたしと、いまのわたしはちがうし、ちがっちゃったら、もう二度ともとにはもどれないって、それはわかるけど。でも、いまの気もちもおぼえていたいと思う」

「うん」

わたしはみっちゃんの声をききながら空を見ていた。

「あのね、わたし、いつも木とお話ししてるの。忘《わす》れたくないと思っていることは木にお話ししているの。もしもわたしが忘れても、木はおぼえていてくれるはずだから」とみっちゃんはいった。

「木って?」

「この木。センダンっていうの」

みっちゃんは手を伸ばすと、塀のすぐ内側に立っている木の枝に触《ふ》れた。

「センダンはね……」と、みっちゃんがいいかけたとき、わたしは「あ」と思った。センダンの木と話をしている人なら知ってる、と思った。

「見てて」とみっちゃんはいった。そして、センダンの枝に足をかけ、幹《みき》に体を預《あず》けるようにして取《と》りついた。木がゆれた。

「あぶないよ」と、思わずわたしはいった。

「だいじょうぶ。この木はわたしの木だもん。おじいちゃんがそういったの。ミツホの木だよって」

みっちゃんは幹につかまって枝に足をかけた。そしてまた上の枝にもう一方の足をかけた。木がゆらゆらとゆれた。

「みっちゃん、枝が折《お》れるよ」

わたしが声をあげたとき、枝が大きくしなった。

あ、と思った。

そのとき、きらきらした光が木の周囲《しゅうい》をとり巻《ま》いた。光は空のほうからふりそそいでいるように見えた。

「みっちゃん」と呼んだ自分の声は、どこか遠くからきこえているようだった。

つぎの瞬間《しゅんかん》、わたしは塀から道に落《お》ちていた。膝《ひざ》と腕《うで》を強く打《う》ちつけた。

「いたあ」

そろそろと立ちあがって膝を見ると、すりむいて、血《ち》がにじんでいた。

「飛べたね」

木の上からみっちゃんがいった。さっきの光はもうどこにもなかった。

「落ちたの」とわたしはいった。

「ううん。飛ぶときみたいに、両手をひろげたよ」

そうみっちゃんがいったとき、塀のむこうから、みっちゃんを呼ぶ声がきこえた。

みっちゃんは「はーい」と返事《へんじ》をして、するすると木から塀におりると、ふわっと塀からわたしのそばに飛びおりた。

「ねえ、みっちゃん。さっき、きらきらしてたよ」とわたしはいった。

みっちゃんはくっとわらった。「きらきら？」

みっちゃんは手さげを取りあげると、門のほうへ行きながら「じゃあね、またね」といった。

「さよなら」とわたしはいった。

みっちゃんは門に入っていくまえに、わたしをふり返った。そして、「さっき、そっちもきらきらして見えたけど」といった。

みっちゃんはわたしにむけて手をぱたぱた振ると、門に入っていった。

わたしはランドセルを取りに畑へともどり、ランドセルをしょってまた道へとでた。

そのとき、みっちゃんが門からでてきた。

「あのね、『サブを散歩《さんぽ》に連れていきなさい』っていわれたんだけど」とみっちゃんはいった。「いっしょに行く？」

「うん、いいけど」とわたしは返事した。

「じゃあ、サブを連れてくるね」

みっちゃんは走って玄関のほうへもどっていった。

わたしは手を伸ばしてレンガ塀にさわった。ひんやりしていた。レンガ塀はずいぶんまえに造《つく》られたものらしかった。あちこちに小さなひび割《わ》れができているけれど、でもとてもどっしりとしていた。塀の内側には何種類《なんしゅるい》もの背の高い木が立っていた。

わたしは扉があいたままの門から、そっと庭のなかをのぞいた。丸く刈《か》り込《こ》まれた背の低《ひく》い庭木がきれいにならんでいる。あけたままの玄関の引き戸にはすりガラスがはまっている。白い壁《かべ》と太い柱《はしら》で家はできていた。それに軒が大きくせりだしていた。玄関の横《よこ》には格子窓《こうしまど》があって、内側に障子《しょうじ》がしまっていた。屋根瓦は黒かった。

わたしは空を見あげた。さっきのきらきらしたものはいったいどこからふってきたのだろう。どこにも、そんなものは見あたらなかった。澄《す》んだ空が広がっていた。

わたしはまた家を見た。家はまちがいなくそこにあった。これが消えたりするわけがない、と思った。わたしはまばたきをして、手のひらでもう一度レンガ塀をなでた。

それから、わたしはレンガ塀から一歩、二歩と離《はな》れた。そして、来た道をT字路のほうへもどりはじめた。わたし、やっぱりここにいちゃいけない、と思った。

なぜだか、ここに来てしまっているけれど、ほんとうはいてはいけないのだ。このまえおそろしく感じたあの感じが急《きゅう》にぶるぶるっとふるえるように体のなかにわきおこってきた。もしかしたら幽霊なのはわたしのほうかもしれなかった。みっちゃんはそう思ってるのかもしれない。幽霊みたいな女の子がときどきやってくるけど、なぜだろう、とふしぎに思っているのかもしれない。みっちゃんも、みっちゃんの行っている学校で、五年生の教室に行ってわたしをさがしていたのかもしれない。そしてやっぱり見つけられないでいるんじゃないのかな。

幽霊のように、いまわたしはここにいるのだ。わたしはこの時代に生きている人間じゃないのに。ここにはいるはずのない人間なのに。そう考えたら、自分がどこにもいなくなってしまうような気がした。ここにも、あっちの、自分がほんとにいる場所《ばしょ》にも。まるで、風景《ふうけい》のどこかに穴《あな》があいていて、その穴に自分が気づかないうちに落ちこんでしまっているような気がした。

ここに、このままいたら、と思った。わたしはもうもとにもどることができなくなるかもしれない。

わたしは駆《か》けだした。

そのとき、後ろから呼ばれたような気がした。みっちゃんとサブが家からでてきたのかもしれなかった。でも、わたしはふり返らなかった。

わたしは必死《ひっし》に走った。そのままスピードを落とさずに金沢荒物店の前を通りすぎ、そして曲がり角をまがった。

わたしは走った。道の先に英会話スクールのビルが見えていた。

14

お兄ちゃんとわたしはダイニングテーブルでママの電話がおわるのを待《ま》っていた。

リビングの電話でママが話している相手《あいて》はおじいちゃんだった。

電話がかかってくるまで、わたしとお兄ちゃんはママにしかられていた。というか、しかられはじめたばかりだった。ママは、わたしとお兄ちゃんをダイニングテーブルにならんですわらせると、自分はむかいの席《せき》に腰《こし》をおろし、なにかまずいものでも食べたあとのようなしぶい顔をして「あのね」と、ため息《いき》まじりにいった。と思ったら電話がかかってきたのだ。

ママが夕方五時すぎに帰ってきたとき、わたしもお兄ちゃんもリビングにいた。

「靴《くつ》は、ぬいだら向《む》きを変《か》えておきなさいっていってるでしょう」といいながら、ママはリビングに入ってきた。

たしかに、わたしは家にあがったあと、靴の向きを変えておくのを忘《わす》れた。お兄ちゃんは先に帰っていたけれど、お兄ちゃんのぬいだ靴の向きがどうなっていたか、わたしは見ていなかった。

「どうだったの、試験《しけん》」

ソファのお兄ちゃんに、ママはいった。

お兄ちゃんは返事《へんじ》をしなかった。ソファに浅《あさ》く腰かけたお兄ちゃんはだらっと背《せ》もたれにもたれかかっていた。

お兄ちゃんの前のローテーブルには、お兄ちゃんが飲《の》んだコーヒーフロートのグラスが置《お》かれていた。

買《か》い物袋《ものぶくろ》を持《も》ってキッチンに行ったママは「晴太《はるた》、チャーハンを食べたあとのお皿《さら》を洗《あら》ってないじゃない」と大きい声でいった。

「きょうは英語《えいご》と国語と音楽のテストがあったんでしょう?」

ママはキッチンからでてきていった。

期末《きまつ》試験がはじまっているのだ。

「おれ、クラブをやめたから。きょう、峠《とうげ》先生にそういった」

お兄ちゃんはテレビから目を離《はな》さずにいった。

「え？　野球部《やきゅうぶ》をやめるの？　あなた、なにいってるのよ。四月に入ったばっかりじゃない。ユニフォームもグローブもバットも買ったばかりじゃない」

「むいてないことがわかったから」

お兄ちゃんはにらむようにテレビを見ている。テレビにはパンダが笹《ささ》を食べている映《えい》像《ぞう》が映《うつ》しだされていた。

「ちょっと待ちなさい。そういうことは勝手《かって》にきめないで」

ママはお兄ちゃんのそばに来た。

「それに、朋《とも》」と、ママは床《ゆか》にすわっていたわたしにいった。

わたしはローテーブルに宿題《しゅくだい》をひろげていた。

「なに」

「けさ、マークス先生から電話があったわよ。あなた、また英会話《えいかいわ》スクールを休んだんだって？　土曜日に、ママには、スクールに行ったって言ったわよね。いったいどういうこと？　なにを考えてるの？　月謝《げっしゃ》六千円ですよ。無駄《むだ》にするつもり？」

わたしは思わず首をちぢめて、それから「お金の問題《もんだい》？」と、ママのほうは見ないでいった。

「ちがう、ちがう。ちょっとあんたたち二人とも、こっちのテーブルに来なさい。いったいどういうことなの。二人そろって」

「そろってじゃない」

お兄ちゃんはいって、めんどうくさそうにソファから立ちあがったのだった。

わたしとお兄ちゃんは、しかられるためにダイニングテーブルについた。


「あのね、座椅子《ざいす》っていったって、いろんな形があるのよ。リクライニングできるものがいいんでしょう。だとしても、素材《そざい》もいろいろだし、サイズも少しずつちがうし」

電話で話すママの声には、かすかにだけれど、いらいらした響《ひび》きがまじっている。

おじいちゃんがまたママに買い物をたのんでいるのだ。こんど来るときに持ってきてくれないか、といってるのだ。こんど、というのはこのつぎか、そのつぎの土曜日のことだ。おじいちゃんは、ママに来てほしいときには、なにかしら用事《ようじ》をたのむ。できるだけつばの広い麦《むぎ》わら帽子《ぼうし》を買ってきてくれないか、とか。剪定《せんてい》バサミと蚊取《かと》り線香《せんこう》を買ってきてくれ、とか。栄養《えいよう》ドリンクと湿布薬《しっぷやく》を買ってきてくれ、とか。

土曜日におじいちゃんの家に行くときには、ママはおかずも何品《なんぴん》かつくって密閉容器《みっぺいようき》に入れて持っていく。おじいちゃんが何日か自分で料理《りょうり》をしなくてもすむように。だからママは金曜日の晩《ばん》ごはんのおかずはいつも余分《よぶん》につくっている。「おじいちゃんはアジの南蛮漬《なんばんづ》けが好《す》きだから」と、小アジを何匹《なんびき》も油《あぶら》で揚《あ》げたり、ポテトサラダを多めにつくったり。わたしやお兄ちゃんがあんまり好きじゃない切《き》り干《ぼ》し大根《だいこん》も鍋《なべ》いっぱい炊《た》く。そのほかに、お店で買った冷凍《れいとう》ピラフや、レトルトカレーや、インスタント味噌《みそ》汁《しる》、さばの味噌煮《みそに》の缶詰《かんづめ》などもいっしょに持っていく。

　夜におじいちゃんから「咳《せき》がとまらない」と電話がかかってくることもあった。「大きい風呂敷《ふろしき》がしまってある場所《ばしょ》を知らんか」とたずねてくることもあった。ママは咳止《せきど》め薬《ぐすり》のある場所を教え、大きい風呂敷が入っているはずの引き出しを、ゆっくりした口《く》調《ちょう》で教えていた。

　土曜日におじいちゃんの家に行くと、ママはまず洗濯機《せんたくき》をまわす。それから部屋《へや》を掃《そう》除《じ》する。わたしも、まえはときどきママといっしょにおじいちゃんの家に行っていた。わたしはおじいちゃんといっしょにテレビを見ているだけだったけれど、ママは部屋の掃除がすむと、郵便物《ゆうびんぶつ》を見てかたづけたり、庭《にわ》を掃《は》いたり、おじいちゃんの家にいるあいだじゅう動《うご》きつづけ、そういう仕事《しごと》がおわると、おじいちゃんを車に乗《の》せてショッピングセンターに買い物に行く。おじいちゃんは下着《したぎ》やタオルやメモ帳《ちょう》などを買う。

　おじいちゃんは、おばあちゃんが亡《な》くなったあと、車を運転《うんてん》していてよその家のブロック塀《べい》に車をぶつけるという事故《じこ》を起《お》こしてしまい、そのときから車の運転をやめてしまったのだ。おじいちゃんは朝早い時間に散歩《さんぽ》をすると、あとは一日じゅう家にいるらしい。家で「日本の歴史《れきし》」全《ぜん》二十巻《かん》を読んでいる。読みながら眠《ねむ》くなると眠り、目がさめるとまたつづきを読む。

いつも本を読むときにすわっていた座椅子がたぶんこわれちゃったのだろう。

「おじいちゃんはプライドが高いから」と、ママが困《こま》ったことのようにいったことがあった。おじいちゃんは何十年も中学校の社会科の先生をしていて、定年退職《ていねんたいしょく》をしたときには校長になっていた。

おじいちゃんには友だちもほとんどいないらしかった。いっしょに暮《く》らさないの？と、わたしはママにたずねたことがある。ママの答えは「まず無理《むり》だと思うな。パパとはあわないもん」だった。

パパがママといっしょにおじいちゃんの家を訪《たず》ねることはなかったから、その話はたぶんほんとうなのだと思う。パパとおじいちゃんがけんかをしているところを見たことはなかったけれど。

「じゃあ土曜日に、とにかく行きますからね。どんな座椅子がいいか、お父さんの考えをよくきいて、それから買うってことにしましょう。ね、それでいい？」

ママはなだめるような口調になっていた。

ママは受話器《じゅわき》を置くと、大きくため息をついた。

それからキッチンに行き、冷蔵庫《れいぞうこ》から炭酸水《たんさんすい》のペットボトルをだした。キャップをあけるとボトルに口をつけてごくごくと飲んだ。

「さて」と、ママはテーブルにもどってきた。

「まず晴太。どういうこと？」

お兄ちゃんは、むかいにすわったママの顔ではなくて、そのずっと後ろの、キッチンの窓《まど》のほうに目をやっていた。窓には緑《みどり》の縁取《ふちど》りのあるレースのカーテンがかかっている。ママ手作りの。

「だから、野球部をやめたの」とお兄ちゃんはいった。

「理由《りゆう》は？」とママはいった。

「新入部員《ぶいん》のなかで、小学生のときに野球をやっていなかったのはおれだけだよ。差《さ》はちぢめられないよ。それに」

「え」とママがお兄ちゃんの言葉《ことば》をさえぎった。「レギュラーになれそうにないからやめるってこと？」

「レベルがぜんぜんちがうもん」

「だからね、これはチャレンジよ。きっとできるようになるって。晴太なら追《お》いつけるよ。あきらめたら、そこでおしまいじゃない」

お兄ちゃんはママの顔をちらっと見て、すぐに目をそらして「補欠《ほけつ》になるのがいやとか、そういうことじゃないよ。やる気が失《う》せたの。練習《れんしゅう》もどならればっかだし。このままつづけていたくないから。それだけ」

「なにいってるのよ、まだ中一じゃない。可能性《かのうせい》はいっぱいあるよ」

「そういうのって、言葉だけだよね」

「だめ、だめ。夢《ゆめ》をあきらめちゃだめ」

「夢？　うえっ」とお兄ちゃんはいった。

「あのね」と、わたしは口をはさんだ。「だって、この家から中学校までは遠すぎるよ。歩いて通うだけでもたいへんなのに、部活《ぶかつ》なんて無理だよ」

「朋は朋で、自分のことを考えなさい」と、ママはわたしにいった。「晴太。パパにも相談《そうだん》してみよう。それから、やめるかどうかをきめよう。きょうはじめて峠先生に話したんでしょう。まだすぐに取《と》り消《け》せるはずだから。ね、そうしよう。いまは期末試験がはじまったばかりじゃない。だから、とにかくきょうとあしたは試験勉強《べんきょう》に集中《しゅうちゅう》して」と、それはお兄ちゃんにいった。

「やめるのはおれ」とお兄ちゃんはいった。

わたしは、お兄ちゃんはどっちかというとものごとをはっきりさせるのは苦手《にがて》なほうだと思っていたので、おどろいてお兄ちゃんの顔を見た。

お兄ちゃんはキッチンの窓のほうを見ていた。

お兄ちゃんは小学生のころは、いろんな場面《ばめん》でママに「こうしたほうがいいんじゃないの」といわれると、「うーん」と、たいていあいまいな返事を返《かえ》していた。

「こうしたほうが」というときのママは、心のなかでは「こうするべきだ」と、ほんとうはすっかり考えを固《かた》めているということが、小学生のお兄ちゃんにはわかっていたんだと思う。「うーん」とか、「そうだなあ」と、お兄ちゃんはぼんやりした返事をして、それから最後《さいご》にはたいてい「わかったよ」と、ママの考えを受《う》け入《い》れていた。

「だからね」と、ママはまだ、いいたりないことがあるみたいにいった。

お兄ちゃんはその言葉から逃《に》げるように席を立ち、ソファの横《よこ》に置いたままになっていた通学リュックを取りあげるとリビングをでていった。

お兄ちゃんの考えを変えることなんて、ママにはもうできない、と、なぜだかそのことがわたしにはわかった。

ママはお兄ちゃんがでていったドアをじっと見ていた。ドアは少しだけあいていた。

「お兄ちゃんのことをパパになんて相談するつもり？」とわたしはきいた。

「なんでも簡単《かんたん》にやめちゃだめなの」とママはいった。

「どんなことでも？」

「いったんはじめたら、あっさり匙《さじ》を投《な》げちゃだめ。そういうおとなになっちゃうから。ちょっといやなことがあったらすぐに仕事をやめちゃう人っているでしょう。そういう、なんでも長つづきしない人っていうのは、いつまでたっても、なにも身《み》につかないのよ」

「どうしていい切れるの？　ママの知らないことだってあるよ」とわたしはいった。

「そりゃそうでしょ」

「ママはまるで、世《よ》のなかのことがぜんぶわかってるみたいないい方をするね」

「少なくとも、朋よりはわかってるつもりよ」

「どうかなあ」

「なにがいいたいの？」

「べつに」とわたしはいった。

気もちがぐらぐらとゆれていた。なにかがわたしを押《お》しつぶそうとしているみたいな気がした。ママがきっぱりといい切った言葉がわたしのどこかを切りつけているように感《かん》じた。

　わたしはキッチンの窓にかかっている緑の縁取りのカーテンを見た。

「どうして英会話スクールをさぼるの」とママはいった。

「それはね、頭が痛《いた》かったから」

　ママはわたしの顔をじっと見た。

「嘘《うそ》なの？」とママはいった。

「ちょっとは」

「マークス先生がきらいなの？」

「マークス先生がきらいってことじゃない」といってから、「オウエンジ」と、先生のまねをして発音《はつおん》してみせた。

「ふざけないで。ちゃんとした理由があるのならいいなさい。ただ気まぐれで休んだりしちゃいけません。そんなこと、わかってるでしょう。さぼるっていうのがいちばんだめ。ずるい」

「そうだよね」

「あのね、英語から逃げることはできないのよ。これからずっと英語の勉強をしつづけなきゃいけないの。英語の勉強をしなければ大学にだって行けないのよ」

ふう。わたしはため息をついた。「ほんとうみたいな話にきこえるけど」

「事実《じじつ》そうなのよ。これから先、英語で苦《くる》しみつづけるのはいやでしょう」

わたしは自分がどんどん追いつめられているのがわかっていた。この話をつづけると、最後には、これからはもう休まずに塾《じゅく》に行く、と約束《やくそく》させられるにきまっている。

「将来《しょうらい》のことなんて、わかんないよ」とわたしはいった。

ママが大きくため息をついた。

「考えてみて。ママはあなたたちに、そんなにむずかしいことを要求《ようきゅう》してるわけじゃないのよ。晴太にも、こっちの学校に、まずはなじんでほしいと思っているのよ。だから学習塾《がくしゅうじゅく》に行きなさいとは晴太にはまだいっていないの。朋にだって、英会話スクールのほかに学習塾にも行きなさいとはいってないよね。ほかの人たちは学習塾に行ったり、ピアノ教室に行ったり、ダンススクールに行ったり、いくつも習《なら》い事《ごと》をしてがんばってるのよ。知ってるでしょ。どう？　ママは二人にそんなにむずかしいことを要求してるかな」

わたしはテーブルの上で組み合わせているママの両手《りょうて》を見ていた。手《て》の甲《こう》にうっすらと青い血管《けっかん》が浮《う》きあがっている。指《ゆび》の先のきれいに切りそろえられた爪《つめ》。

「なんでも簡単にあきらめてほしくはないの。朋だけじゃないよ、晴太にしても」とママはいった。

「簡単じゃないあきらめ方って、どういうの？　いまがそのときって、どうやったらわかるの？」

「がんばって、がんばって、それでもどうしてもできないと思ったら、そのときはもうやめるしかないわね」

「ふーん」

わたしはママの肩《かた》にかかっているつやつやした髪《かみ》を見た。先のほうが少しだけ外にカールしている。

「もういい？」とわたしはきいた。

「こんどの土曜日はちゃんと休まずに行きなさいよ」

わたしはあいまいにうなずいた。

わたしは椅子から立ちあがった。そして足をすべらせてドアにむかった。ソックスの裏《うら》が汚《よご》れていないかどうか気になったけれど、確《たし》かめてみる気にはならなかった。

「それとも、ほんとに頭が痛かったの？」と、後ろからママがもう一度《いちど》きいた。

わたしは返事をしなかった。ドアのところでふりむくと、ママはわたしを見ていた。

わたしはドアをきちんとしめた。

ママは、今朝、マークス先生から電話がかかってきたあと、わたしがどうして英会話スクールをさぼるのか、そのことをずっと考えていたのかもしれない。だからいつもより早い時間に家に帰ってきたのかもしれない。塾でなにかあったのかと、そんなこともあれこれ考えたのかもしれなかった。

わたしは階段《かいだん》をあがっていった。家族《かぞく》はたった四人しかいないのに、わたしたちの考えていることはみんなばらばらなんだなと思った。まえのマンションで暮らしているときも、もしかしたらそうだったのかもしれない。まえよりも広いこの家に引《ひ》っ越《こ》してきて、そのばらばらな感じがはっきり見えるようになったってことなのかな。

お兄ちゃんの部屋のドアが、めずらしくきちんとしまっていた。わたしはドアをコン、と一回たたいた。そして耳をすましたけれど、なかから返事はなかった。

となりの自分の部屋のドアをあけたとき、「なに」と、お兄ちゃんの部屋から声がきこえた。

わたしはお兄ちゃんの部屋のドアまでもどると、「ほんとに野球部をやめるの?」ときいた。

すぐに返事はなくて、わたしがドアノブに手をかけると、「やめる。あけるな」とお兄ちゃんはいった。

「わかった」とわたしはいった。

ドアの前を離れかけてから、わたしはまたドアの前にもどり、「あのね」といった。

返事はない。

「おなじ曲《ま》がり角《かど》をまがっても、おなじ道には行けないってこと、あると思う?」

ドアに耳をくっつけてわたしは返事を待った。

しばらくして「あるんじゃないの」と声がした。

「おなじ道なんだけど、ちがう時間が流《なが》れてるの」とわたしはいった。

ふうっと、お兄ちゃんが息《いき》をはくのがきこえた。「なぞなぞなんかしたくない」

「なぞなぞじゃないよ。どうしてだか、曲がり角をまがると別《べつ》の通りが現《あらわ》れていて、そこにはちょっと昔《むかし》の町があるの」

「ほんとのこと?」

「うん」

「ちがう時間?」

「そう」

「ふうん」とお兄ちゃんはいった。

わたしは耳をドアにくっつけていた。

しばらくしてから、「ぱっと向きを変えたときなんかに、ふっとそんな気がすることがあるよ。別の時間にもぐりこんだみたいな気がするってこと」とお兄ちゃんはいった。

「知らないだれかに会ったりは？」

「そんな経験《けいけん》はないけど。それって大事《だいじ》な問題なの？」

わたしは言葉につまった。

お兄ちゃんは、わたしがたとえ話をしていると思っているのかもしれなかった。そうじゃないの、ほんとうに起きていることなんだよ、といいたかったけれど、どう話したらつくり話じゃなくてほんとうに体験《たいけん》していることだとお兄ちゃんにわかってもらえるのか、それがわからなかった。ほんとうのことなんだよ、と、いえばいうほど嘘のつくり話にきこえてしまいそうだった。そんな嘘をつくな、とお兄ちゃんにはいわれたくなかった。

わたしはドアを離れると、自分の部屋に入ってドアをしめた。

わたしはみっちゃんを、まるっきり知らない子のようには思えなかった。水色の手さげをさげてうつむいて歩いてくるみっちゃんを見たとき、あ、この子は、と思った。知ってる、と一瞬《いっしゅん》思ったのだ。だけど、じゃあどこで会ったんだっけ、と考えはじめると、だれのことも頭に浮かばなかった。なのになんとなく、ふり返るとそこにいる人のような気がしたのだ。

わたしはベッドにあおむけになった。

お兄ちゃんは、野球部に入ってみて野球を好きになろうとしたけれど、まったく好きになれなかったんだな、と思った。それなのに三か月間、がまんして部活に行っていたのだ。

お兄ちゃんもわたしとおなじように、まえの学校で仲《なか》のよかった友だちみんなと別《わか》れてこっちに来たのだ。おなじ小学生のサッカーチームに入っていた子たちは中学校でもいっしょにサッカー部に入ってサッカーをつづけているのかもしれない。

こっちの中学にサッカー部がないことをお兄ちゃんは知っていたはずなのに、じっさいにサッカー部のない中学に通いはじめるまで、そんなのたいした問題じゃないと思っていたのかもしれなかった。わたしもそんなふうに思っていた。なにもかもが新しくなるのを楽しみにさえしていた。だけど、じっさいに知らない町の知らない子ばかりの小学校に入ってみると、自分がいままでどんなふうにしていたかがわからなくなって、大事なものがなくなって空っぽになったみたいな気がしたのだ。いろんな新しいことでその穴《あな》を埋《う》めようとしても、ぜんぶちぐはぐな感じがして、わたしってこうじゃないんだけどって気もちになってばかりだった。

わたしは四角い天井《てんじょう》を見つめた。天井のクロスのうろこ模様《もよう》にだって、わたしはまだなじんじゃいなかった。

わたしは目をつむった。三月まで住《す》んでいたマンションの天井を思《おも》い浮《う》かべてみようとしたけれど、うまく思い浮かべることができなかった。

15

朝、目がさめたら、寝《ね》るまえまで胸《むね》にあったごちゃごちゃしたことがそっくりそのまま胸にあってがっかりした。

ゆうべ、お兄ちゃんがパパにいったことや、パパがうんざりした顔をしたことや、おじいちゃんからまた電話がかかってきて、ママが電話口でおじいちゃんに対《たい》して、まるで子どもにいいきかせる口調《くちょう》で「土曜日に行くっていったでしょう。忘《わす》れちゃったの？」といったとき、なぜだかぞっとしちゃったことなど、ぜんぶがごろごろと胸のなかに残《のこ》っていた。

わたしはのろのろとベッドをでた。服《ふく》を着《き》がえながら、あしたは英会話《えいかいわ》スクールの日だけど、と考えた。

ママがいつもより早く家に帰ってきて、部活《ぶかつ》をやめるといったお兄ちゃんと、英会話スクールをさぼったわたしをしかったのがおとついで、ママはその夜、パパにわたしたちのことを相談《そうだん》するつもりでいたらしかったけれど、パパは夜遅《おそ》くならなければ帰ってこなかった。ママはだから、たぶんきのうの朝、出かけようとしていたパパに「話があるから早く帰ってきて」といったのだと思う。パパはいつもより早い時間に帰ってきた。

お兄ちゃんを見るなり、「お、試験《しけん》はどうだった?」とパパはいった。お兄ちゃんは頭をかすかにゆらした。

食事《しょくじ》をいちばん先に食べおえたのはお兄ちゃんで、さっさと席《せき》を立って部屋《へや》をでていこうとしたのをママが呼《よ》びとめた。「大事《だいじ》な話をしなくちゃ」と。

お兄ちゃんはソファまでもどると、どさっと腰《こし》をおろした。

「きょうで試験はおわったの?」とパパはきいた。

「クラブのことです」とママはいって、はしを置《お》いた。

パパはお兄ちゃんを見た。それからママを見て、わたしを見た。わたしは目をそらして、お皿《さら》に一切れ残っていた豚肉《ぶたにく》のしょうが焼《や》きをはしでつまんだ。

「晴太《はるた》が野球部《やきゅうぶ》をやめたいんですって」と、ママは低《ひく》い声でゆっくりといった。

「ふうん、どうして」

パパは平《たい》らな声でいって、ビールを飲《の》んだ。

お兄ちゃんは返事《へんじ》をしなかった。

「晴太。自分でいいなさい」とママはいった。

「やめたいから、やめた」

お兄ちゃんは正面《しょうめん》のテレビに目をむけたまま言葉《ことば》をはきだした。テレビはついていなかった。

わたしは豚肉のつけあわせのキャベツも、お味噌汁《みそしる》も、ごはんも、ごぼうのきんぴらも、はしを休めずに食べていった。

「理由《りゆう》は？」とパパはいった。

「いろんなことをいちいち説明《せつめい》できないよ。もうきめたから」

「ほう」

パパは意外《いがい》だという声をだし、ママを見た。

「家が遠すぎて通学がたいへんだとか、そんなこともいってたわ」とママはいった。

「そういったのはわたしだよ。だって中学校まで歩いて三十分くらいかかるんでしょ。お兄ちゃんの通学リュック、すごく重《おも》いもん。わたし、いやだな」

わたしの言葉にはママもパパも反応《はんのう》しなかった。

「入部《にゅうぶ》してまだ三か月じゃないか」

パパははしを置き、お兄ちゃんのほうに体をむけた。

「なんで、こんなところに家を買っちゃったんだよ」とお兄ちゃんはいった。「学校に行くのが毎朝めんどうくさいよ」

あ、やっぱりそれも理由の一つだったんだ、とわたしは思った。でも、それは距離《きょり》のことをいってるだけじゃないみたいにもきこえた。めんどうくさい、というのは。

「ちょっとまてよ。自分の部屋がほしいって晴太もいってただろ。話をそこまでもどしてしまっちゃ、どんな話もできなくなるよ」とパパはいった。

ふーん、とお兄ちゃんはいった。

「遠くてたいへんだとは思うけど」とパパは、あくまで距離のことをいった。

「クラブをやめるのは、自分できめたことだから」

お兄ちゃんは低い声でつぶやくようにいった。

パパはふーっと息《いき》をはき、「だから、結論《けつろん》をだすのが早すぎないかっていってるんだよ」といった。「ママだってクリーニング店でいろいろあっても、そこはがまんして働《はたら》いているんだ。みんな、なにかをちょっとずつがまんして、がんばってるんだよ」

パパはビールを飲み、はしを取《と》りあげた。

「忍耐《にんたい》ってこと？」と、怒《おこ》った声でお兄ちゃんはいった。

「そうだなあ。まあ、そうかな。生きていくうえでは忍耐ってことがどうしても必要《ひつよう》になるな」

「なんのため？」

お兄ちゃんが顔をこっちにむけた。眉《まゆ》を寄《よ》せ、目のふちが赤くなっている。

「なんのため、か？」

パパはオウム返《がえ》しにいい、少しのあいだ首をかしげて考えていたけれど、「それは、よりよい人生のためなんじゃないかな」といった。

「よりよい人生って？」

思わずわたしはいってしまった。

でも、だれもわたしの言葉には反応しない。パパもママも、とにかくお兄ちゃんから なにか言葉を引きだしたいと思っているみたいだった。お兄ちゃんに、クラブをやめるのをやめるといってほしいのだ。

「よりよいって、それはだれがきめるの。人によって、それはちがうんじゃないの。そんなあいまいなもののために、いまの時間をただがまんして無駄《むだ》にしろっていうの？」

「いや。無駄じゃないよ。むしろ、いろいろ考えながらもつづけてみるほうがいい経験《けいけん》になるんじゃないかな」

パパはお兄ちゃんを説得《せっとく》にかかっていた。

「親の考えにも耳をかたむけなきゃ」とママがいった。

「だめ。おれ、やめたから、もう。きめたんだ。きめたのに、このままずるずるつづけていたら暗黒《あんこく》になる。希望《きぼう》がなくなる。だから、もう考えは変《か》えない。将来《しょうらい》っていうわけのわからないものにしばられると、自分がわかんなくなる」

お兄ちゃんの目にはうっすら涙《なみだ》がたまっていた。お兄ちゃんが野球部で三か月間味《あじ》わってきたことなんて、パパもママもわたしも、ぜんぜんわかってないんだ、とわたしは思った。

お兄ちゃんは立ちあがり、そのまま部屋をでていった。

お兄ちゃんはもうまえのお兄ちゃんじゃなかった。いつのまに、とわたしは思った。

なんとなく態度《たいど》がまえとはちがう、とは思っていたけれど、お兄ちゃんは大きくちがってしまったのだ。中学校に入ってからは、朝はわたしより先に家をでていっていたし、夕方帰ってきてからも、あんまり学校の話はしなかった。この三か月のあいだに、お兄ちゃんは口にはださずに、いろんなことを一人で考えていたのだろう。

お兄ちゃんは少しずつ変わっていたのに、パパもママも気づいてはいなかった。

「チームメイトとなにかあったのかな。晴太からなにかきいてないの？」とパパはママにきいた。

パパは食事をおえていた。

「なにもいわないから、あの子」

ママのお皿のお肉は冷《ひ》えてしまっていた。ママはそれを一切れつまんで口にはこんだ。そしてゆっくりかんだ。

パパはため息《いき》をついた。

「なにもかも、あなたにまかせている気もちはないけどね」とパパはいった。「中学時《じ》代《だい》っていうのは大切な時期《じき》だからね。ちょっとしたことから取り返しがつかないことになるってこともあるから」

「え、どういうこと？」

ママは意外だという顔をした。「わたしがちゃんと子どもたちとつきあっていないいっことがいいたいんですか？」

「そうじゃなくて、さ」

パパはうんざりしたような声でいった。「子どもとつきあう時間はどうしても母親のほうが長いから。なにか兆《きざ》しはなかったかって、ただそうきいてるだけだよ。そういう微妙《びみょう》な変化《へんか》に気づくのは母親だろう」

「気をつけてますよ、あなたよりはね。わたしだって勤《つと》めもあるし、父の世話《せわ》だってあるし、この家のこともまだまだしなきゃいけないことが手つかずのまま残っているの。庭《にわ》に植《う》えるつもりだった花もまだ植えられないでいるのよ。ね、時間がたりないの」

「責《せ》めてるつもりはないよ。ただ、母親のほうが子どもには近いってことをいってるんだ」

「わたしが子どもたちのことをちゃんと見てないっていいたいんでしょ」

「そうじゃない。親が子どもの大事なサインを見のがすってことが世間《せけん》ではよくあるらしいから、だから心配《しんぱい》しているんだよ」

「あなただって気づけるはずよ。ちゃんと家族《かぞく》のことに気をくばっていればね」

「え？　まるで、ぼくが自分勝手《じぶんかって》に暮《く》らしているみたいないい方だな」

パパはふゆかいそうにそういった。

ママはくちびるをかみしめて下をむいていた。

パパはふーっと太いため息をついた。

それからパパがソファに移《うつ》ってテレビのスイッチを入れて野球中継《ちゅうけい》を見はじめると、電話が鳴った。おじいちゃんからだった。

ママが電話で話しているあいだに、わたしはテーブルの食器《しょっき》をシンクにはこんだ。洗《あら》ったほうがいいのかな、と思ったけれど、パパとママのいい合いがまたはじまるかもしれなかったし、ねちねちした口げんかはききたくなかったから、わたしはテーブルを台ふきでふきおえると、部屋をでた。

あのあと、パパとママがどんな話をしたのか、それは知らない。


下におりていくと、パパもお兄ちゃんも出かけたあとだった。

わたしがごはんを食べているあいだ、ママはキッチンで洗いものをすまし、それがすむと寝室《しんしつ》に行って外出用の服に着がえ、もどってきてバッグのなかを確《たし》かめ、それから洗面所《せんめんじょ》に行ってお化粧《けしょう》をした。

洗面所からでてきたママに、「ねえ、あしたおじいちゃんの家に行くんなら、わたしもいっしょに行こうか?」ときいた。なんとなく、ママの役《やく》に立つことを一つくらいしたいという気もちがわいてきて、つい英会話スクールのことを忘れてしまっていた。

「なにいってるの。朋《とも》は英会話があるでしょう。だめよ、さぼろうなんて」

ママはぴしゃりといった。

「わかってるよ」

わたしは納豆《なっとう》ごはんをかきこんだ。


給食《きゅうしょく》のまえに、手を洗いに廊下《ろうか》の手洗《てあら》い場《ば》に行くと、そこに麦野《むぎの》さんがいた。わたしは麦野さんの横《よこ》にならんだ。麦野さんは石けんで泡《あわ》だらけになった指《ゆび》を一本一本ていねいに洗っていた。

麦野さんはわたしに気づいて「あ、畠山《はたけやま》さんだ」といった。

わたしも石けんをごしごしと手にこすりつけた。

「麦野さん、あした英会話スクールに行くよね?」と、わたしは両手《りょうて》をこすりあわせながらいった。

うん、と麦野さんはうなずいた。それから水をだし、その下で泡をていねいに洗《あら》い流《なが》した。

「畠山さんは?」

麦野さんは水をとめ、ポケットからハンカチをだして手をふいた。

「うん」とわたしはうなずいた。

そのとたん、わたしは自分が嘘《うそ》をついたことに気づいた。わたしは英会話スクールなんて、ぜんぜん行きたくなかった。わたしは水をだして、その下で両手をこすりあわせて泡を流した。ポケットからハンカチをだして手をふきながら、「麦野さんはずっと英会話スクールに通うつもり？」ときいた。

麦野さんは「うーん」と、窓《まど》の外の給食室《きゅうしょくしつ》の建物《たてもの》のほうに目をむけてから、それからまたわたしの顔を見て、「たぶん」といった。「お母さんがきっと、ずっとつづけなさいっていうと思うから」

「お母さんがつづけなさいっていったら、麦野さんはつづけられるの？」

「うーん」と麦野さんは困《こま》ったような顔をして、「だって、お母さんとけんかしたくないもん」といった。

そのとき、「ちょっとどいてくれる」と、後ろから背《せ》の高い男子がいった。

わたしたちは手洗い場から離《はな》れた。

「わたし、マークス先生はきらいじゃないよ。やさしいもん。学校の英語《えいご》の授業《じゅぎょう》よりおもしろいし。それに、発音《はつおん》もとってもていねいに教えてくれるよ」と、教室にむかって歩きながら麦野さんはいった。「だけど、どうして英語だけこんなにがんばらなくちゃいけないのか、それはわかんないけど」

「そうなんだよね。きらいっていっちゃいけないみたいなんだもん」

「畠山さんもつづける？」

「さあ」とわたしはいった。でも、心のなかではもう結論はでていた。

「さあって？」

五年二組の教室の前に来ていた。

「ううん、いい」とわたしはいった。わたしは、麦野さんといっしょだったら、もしかしたらつづけられるかもしれないけど、といいかけたのだ。でも言葉をのみこんだ。それも嘘になるような気がしたから。

「じゃあ」と麦野さんはいった。

麦野さんはわたしから離れていった。

「麦野さん」とわたしは呼んだ。

麦野さんがふり返った。「なに」

「あのね」といいかけて、気もちがぐらぐらとゆれた。あの道のことを麦野さんならわかってくれるんじゃないかとまた思ったのだ。でも、なにをどういえばいいのかやっぱりわからなかった。あの道のことが頭に浮《う》かぶと、それについて説明できそうな言葉がなに一つ見つからなくなってしまうのだ。

「じゃあね」とわたしはいった。

うん、と麦野さんはうなずいた。


とにかくもう一度《いちど》あの道に行ってみるしかない、とわたしは思った。五時間目の授業のあいだも、ずっと気もちがそわそわしていた。みっちゃんの家があるあの道にはもう行けないかもしれない、という気もちが強くなっていた。あの道にいるときに味わったこわさも思いだした。このまえ、みっちゃんの家の前で、ここにいる自分は、ちょっと昔《むかし》の時間のなかにいるんじゃないか、ということに気づいた。そのとき、背中《せなか》がぞっとするようなこわい気もちでいっぱいになって、みっちゃんが呼んでいたかもしれないのに、さよならもいわずに、逃《に》げるように帰ってきてしまったのだ。

五月のおわりの英会話スクールがお休みの日に、はじめて郵便局《ゆうびんきょく》とのあいだの道に入っていったとき、わたしは、この道の先にあるものを確かめてみようと、ちょっと思っただけだった。その道の先には、もしかしたら、わたしの知らない「どこか」があるんじゃないかな、と。なぜだかそんな気がしただけだった。

まえのマンションで引《ひ》っ越《こ》しの日が近づいてくるのを待《ま》っていたときも、その日がくれば、いままで知らなかった「どこか」へ行けるんじゃないかなと、わくわくする気もちが大きくなっていた。市の東側《ひがしがわ》から西側《にしがわ》へ引っ越すだけなのに、そこには別《べつ》の世界《せかい》がひろがっているような気がしていた。

だけど、じっさいに引っ越したあとでは、わたしはただ学校と家、家と英会話スクールとを往復《おうふく》しているだけだった。行きたかったはずの「どこか」のことはずっと頭のなかでぐるぐるとうずまいていたけれど、そこへどうやったら行けるのかは、まったくわからなかった。

その「どこか」が、ほんとうにあのT字路《じろ》の角をまがっていった先にあるなんて、そんなことは想像《そうぞう》もしていないことだった。

学校がおわると、わたしはいそいで学校をでた。ランドセルを背負《せお》ったまま、家ではない方向《ほうこう》に歩いていった。道を三度まがって、英会話スクールのビルが遠くに見える道にでた。

わたしはまっすぐ歩いていった。英会話スクールのビルと郵便局のあいだの道に入っていくときも、よそ見をしたりしなかった。英会話スクールの授業が行われているかどうか、建物のなかに目をやったりもしなかった。

わたしは駆《か》けだしていた。後ろはふり返らずに走った。ブロック塀《べい》の前を通りすぎ、生《い》け垣《がき》の前を通りすぎた。

T字路のつるバラの花は散《ち》ってしまっていた。その角をまがった。

あの通りだった。木造倉庫《もくぞうそうこ》があって、そのむこうに、金沢荒物店《かなざわあらものてん》があるにはあった。目の前には見知っているお店がならんでいるようだけれど、なんだかまえとはちょっとちがっちゃっていた。

荒物店のなかからガタンガタンと、なにかをうごかす音がきこえてきたけれど、それはだいぶ離れたところからきこえてくる音みたいだった。

わたしは走って、のれんがひらひらゆれている食堂《しょくどう》の前を通りすぎた。ガラス戸を閉《と》ざしている新聞販売店《はんばいてん》をすぎた。洗《あら》い張《は》りの店は表戸《おもてど》があいていて、戸口に白髪《しらが》をおだんごに結《ゆ》ったおばあさんが立っていた。おばあさんが顔をこっちにむけた。おばあさんはわたしのほうを見ているのに、わたしが見えていないのか、ぐるっとよそのほうを見てから、また顔を店のなかにむけた。

わたしは走るのをやめ、歩いて近づいていった。

「いそぎはしませんの」といったおばあさんの声は、まるでドアのむこうでしゃべっているみたいにきこえにくかった。

「秋までに、袷《あわせ》に仕立《した》てりゃ、いいんですから」とおばあさんは店のなかにいる人にむかっていっていた。紫色《むらさきいろ》のワンピースを着たおばあさんは素足《すあし》に下駄《げた》をはいていた。その足が急《きゅう》にぼんやりとぼやけて見えた。あ、と思って目をあげると、道のさきの井下《いのした》理髪店《りはつてん》が霧《きり》のむこうに消《き》えかかって見えた。

あ、だめだ、とわたしは思った。霧にのみこまれちゃう。霧にのみこまれたら、家に帰れなくなる。

わたしは向《む》きを変えて、来た道をもどりはじめた。それから急にこわくなって駆けだした。背中のほうから、なにかが追《お》っかけてくるような気がした。

走りながら、わたしはいつのまにか泣《な》きだしていた。もうみっちゃんには会えないんだ、と思った。せっかく友だちになったのに、二度とみっちゃんのいるところへ行くことはできない。わたしは泣きながら走りつづけた。

耳にきこえているのは、背負っているランドセルのなかで教科書やペンケースががちゃがちゃとぶつかりあう音だけだった。

16

わたしはベッドの上でパパの車がカーポートに入ってくる音をきいていた。車のドアがあき、ドアがしまり、しばらくして玄関《げんかん》のドアがあいた。「ただいま」と低《ひく》い声がして、パパが家にあがってきた。

わたしは上をむいて寝《ね》たまま天井《てんじょう》のうろこ模様《もよう》のクロスを見つめていた。リビングのドアがしまった。このあとパパはまず洗面所《せんめんじょ》に行って手を洗《あら》うだろう。それから寝室《しんしつ》に行ってスーツをぬいでTシャツとショートパンツに着《き》がえ、そのあとテーブルについて食事《しょくじ》をはじめる。食事がおわるまで三十分くらいかかるだろうか。わたしは首をひねって勉強机《べんきょうづくえ》についている時計を見た。八時四十分だった。三十分後というと九時十分。それまで待《ま》って、それでどうなるの？　自分にきいた。

わたしは時計の針《はり》がうごくのをじっと見つめていた。八分たった。

わたしはぱっと起《お》きあがった。さっとベッドをおりてドアへむかった。

リビングに入っていくと、服《ふく》を着がえたパパがテーブルについていた。

「パパ」と、わたしはテーブルに近づいていきながらいった。

「うん」

パパは缶《かん》ビールのプルリングに指《ゆび》をかけ、ぐいっとあけた。

「あのね。わたし、英会話《えいかいわ》スクールをやめる」

パパはビールをグラスにつぎおえてから、わたしを見た。

「ちょっと、朋《とも》」とママがいった。

「きめた」とわたしはいった。

「ふうん」とパパはいって、グラスを口にはこび、ビールを飲《の》んだ。

「理由《りゆう》は？」

はしを取《と》りながらパパはきいた。

「すごく考えたんだけどね。英会話のことはよくわかんないんだけど、だって、まだあんまり習《なら》っていないからね。ただね、なんか、やっぱりやめたい。とにかく大事《だいじ》だからがんばれっていわれてるけど、そればっかりいわれると、なんていうか、うんざり」

ママがわたしをじっと見ていた。ママは晩《ばん》ごはんはさっきわたしとお兄ちゃんといっしょにすませていたから、ママの前には湯《ゆ》のみがあるだけだ。その湯のみをママは手でぐるぐるとまわしている。

「だって、とにかく大事なんだろう」

パパははしをテーブルに置《お》いた。

「とにかく、っていうのは命令《めいれい》？」

「朋は晴太《はるた》に影響《えいきょう》されてるんでしょ」とママがいった。

「勉強はしなきゃいけないだろう。まだまだ学校生活はつづくんだよ」

わたしには、パパができるだけ冷静《れいせい》に話そうとしているのがわかった。ほんとうに冷静なのかどうかはわからなかったけれど、それはまるで、ママのようにすぐに興奮《こうふん》したりはしないよ、といってるみたいでもあった。

ママはときどきさぐるような目でパパを見ていた。

「ねえ、学校で教えられたことは、ぜんぶ百点を取るのが目標《もくひょう》なの？」

「そんなことはいってないよ。だれでも得意不得意《とくいふとくい》はあるよ」

「じゃあどうして、とにかく、っていうの？」

「どっちみち、勉強はしなきゃだめでしょ」とママはいった。

「脅迫《きょうはく》されてるみたい」

「そんなにあの塾《じゅく》はきびしいの？」

パパはまたはしを取って、食事をはじめていた。

「マークス先生はいい先生なんでしょ」

ママがいった。「そういってたわよね」

わたしはうなずいた。「たぶん」

「そうがみがみいうなよ。朋には朋の考えがあるんだから。そもそも、英会話塾に入りたいっていうのは朋からいいだしたことなの？」

「ちがう。わたしは『行きたくない』といったよ」と、わたしはママのほうは見ないようにしてこたえた。

「やっぱりそうなんだな。押《お》しつけると、かえってきらいになるんだよ。そういうもんだ、なんにしても」

「わたしはちゃんと朋の気もちを確認《かくにん》しましたよ。あたりまえでしょ。そんなこともせずに、わたしが勝手《かって》に申《もう》し込《こ》んだというの？　無理《むり》やり塾に入れたりはしませんよ。するわけがないわ。月六千円もかかるのに」

「だけどねえ、きみはなんにしても、自分がこうと思いこんだら自分の考えを押《お》し通《とお》そうとするところがあるから」

パパは魚の身《み》をほぐしながらいった。

「あら、なんにしてもって、それはいったいどのことについてかしら？」

ママはきっとパパを見た。

「わたし、やめるからね」

わたしは一歩テーブルから離《はな》れた。「もしかしたら、いつかまた習いたいって思うときがくるかもしれないけど」

パパはうなずいた。

「あなたはすぐ、そうやって子どもにいい顔をするけど、子どもたちの将来《しょうらい》のことまで考えてのことなの？」

わたしは向《む》きを変《か》えてドアにむかった。

パパがため息《いき》をつくのがきこえた。

あーあ、と思いながらわたしはリビングのドアをしめた。これで、きっとまた、パパとママはとうぶんのあいだ口をきかないだろう。それはわたしのせい？　よく考えてみよう、と思いながら階段《かいだん》をあがっていった。

17

わたしはゆっくり歩いていった。

土曜日だったけれど、手に塾《じゅく》バッグは持《も》っていなかった。代《か》わりにポシェットを肩《かた》から斜《なな》めがけにしていた。なかにはキャビネットで見つけたチョコプレッツェルの袋《ふくろ》が入っている。

きょう、ママは朝十時すぎに家をでて、おじいちゃんの家に行った。家をでるまえ、ママは玄関《げんかん》から、二階《かい》の部屋《へや》にいたわたしを呼《よ》んだ。階段《かいだん》をおりていくと、「きょうは英会話《えいかいわ》スクールだけど」といった。

わたしはだまっていた。

ママは手のなかで軽自動車《けいじどうしゃ》のキーをころがしながらわたしをじっと見て、「行かないの？」といった。

「うん」とわたしは返事《へんじ》した。

ママは眉《まゆ》をぴくりとあげ、一瞬《いっしゅん》だったけれどとてもさびしそうな顔をした。

わたしはじっと立っていた。

ママは「お昼にはおにぎりと、卵焼《たまごや》きと、ゆうべの残《のこ》りのコロッケを」といった。

「お兄ちゃんと食べなさい」

わたしは、自分がママの望《のぞ》んでいることができないだけでなく、胸《むね》のなかに、ママに秘密《ひみつ》にしていることがものすごくたまっていることに気がついて、苦《くる》しい気もちになった。まるでママから逃《に》げているみたいな気がした。そうじゃないんだけど、と思ったけれど、どうそうじゃないのか、ママにわかるように話せる自信《じしん》はなかった。

玄関からでていくママに、「行ってらっしゃい」とわたしはいった。

ママはふっとふりむいてなにかいいたそうな顔をしたけれど、なにもいわず、そのままでていった。

道の先に、英会話スクールのビルが見えてきた。ビルの壁《かべ》に取《と》りつけてあるブリリアント英会話スクールの看板《かんばん》も見えてきた。もうすぐ二時になる。生徒《せいと》たちのうちの何人かはもう教室に来ているだろう。脇田《わきた》くんはきっともうテーブルについて、テキストのきょう習《なら》うページをひらいて予習《よしゅう》をしてるんじゃないかな。脇田くんだけでなく、わたし以外《いがい》の八人の生徒はみんな英語《えいご》を好《す》きになって、しゃべれるようになって、そのうち外国の人とも友だちになれるかもしれない。

わたしはちょっと悲《かな》しい気もちになった。自分だけみんなから離《はな》れていくような気がしたから。自分だけ殻《から》にとじこもって、みんなから遅《おく》れて、「へんな子」と思われるのかもしれない。

だけど、と、だんだん近づいてくる英会話スクールの看板を見ながら思った。このまま、がまんをしつづけて、そうしたいかどうかもわからずにただ塾に通いつづけるなんて、やっぱりしたくない。あのおとなしそうなみっちゃんだって、お母さんにしかられるのがわかっていても、そろばん教室をやめたんだもん、と思った。どうしてもつづけたくないと思ってやめたんだ。

英会話スクールの前でわたしは立ちどまった。そして、バス通りのずっと先のほうを見た。青い乗用車《じょうようしゃ》が一台こちらにむかって走ってきていた。それからいま歩いてきた道をふり返《かえ》った。ヘルメットをかぶった人が運転《うんてん》するバイクと、その後ろから白いワゴン車が一台来ていた。麦野《むぎの》さんを乗《の》せた車はどっちからも来ていなかった。麦野さんはもう教室に入っているのかもしれなかった。

わたしは英会話スクールと郵便局《ゆうびんきょく》のあいだの道に入っていった。

ゆっくり歩いてあの曲《ま》がり角《かど》へむかった。あの角では立ちどまったりしないで、そのまま角をまがっていこう。

そう思ったとき、猫《ねこ》が一匹《ぴき》、生《い》け垣《がき》の下からとびだしてきた。赤い首輪《くびわ》をつけた猫は道を横切《よこぎ》って反対側《はんたいがわ》の家のカーポートに走りこんだ。猫、生け垣の家で飼《か》われているのかな、それとも走りこんだほうの家で飼われているのかな。カーポートまで近づいて家の周囲《しゅうい》を見てみたけれど、猫の姿《すがた》は見あたらなかった。

T字路《じろ》の角の枝《えだ》を張《は》った木には白い花が上のほうに一つ咲《さ》いていた。わたしは英会話スクールのほうをふり返ってしまいそうになったけれど、ふり返らずに角をまがっていった。

お好《この》み焼《や》き小春《こはる》の小さな立て看板が見えていた。シャッターのおりた店がある。わたしは丸本《まるもと》自転車《じてんしゃ》の前を通りすぎ、たばこの看板がぶらさがっている家の前を通りすぎた。緑《みどり》のドアの新しい家。それから小春。

小田写真館《おだしゃしんかん》をすぎ、帽子屋《ぼうしや》だった家の前をすぎた。理容《りよう》イノシタの赤白青のポールはくるくるとまわっていた。そしてその先に、緑の木々が見えていた。

ガラスの内側《うちがわ》にレースのカーテンがかかっているドアの上に埃《ほこり》をかぶった「喫茶《きっさ》ダンサー」の看板があった。ダンサーというのは「踊《おど》る人」という意味《いみ》だ。

そのむこうの木の扉《とびら》はひらかれていた。

わたしは背《せ》の高い木々に囲《かこ》まれた庭《にわ》に入っていった。

芝生《しばふ》の庭にはベンチがいつかのように二つならべてあった。そこに女の人が一人すわっていた。オワリさんはその人の前に立って、二人はおしゃべりをしていた。

オワリさんがわたしを見た。

「あらあら」とオワリさんはいった。「朋《とも》さんだ」

「こんにちは」とわたしはいった。

ベンチの人もふり返ってわたしを見た。そしてわたしにほほえみかけた。一瞬、知ってる人のような気がしたけれど、そんなはずはなかった。その人もオワリさんくらいの年齢《ねんれい》の人だった。

わたしはバッグをさぐってチョコプレッツェルの袋を取りだし、オワリさんに差《さ》しだした。「これ、どうぞ」

「あら、まあ。ありがとう。こんなにいただいていいの？」

わたしはうなずいた。

「朋さんが来てくれないかな、と思っていたの」

わたしは「はあ」といった。

「じゃあ、どうぞすわって」

わたしは女の人がすわっていないほうのベンチに腰《こし》をおろした。

雪の夜だった、白い小さな女の子が入ってきたのは。

気がつくと、その子は傘立《かさた》てのそばに立っていた。

「道にまよったんですか」とたずねると、「いいえ、ここに来たかったの」とその子はいった。

「友だちに会える気がしたから」

「お友だちってどんな人かしら」とたずねると、「いつも楽しいことを思いついたような顔をしてるの」とその子はいった。そういうと、髪《かみ》も、眉毛《まゆげ》も、皮膚《ひふ》も白いその子は、白い歯《は》をだしてかすかにわらった。

「よくいらっしゃいました」とわたしはいって、その子の汚《よご》れた白いブーツをふいてあげた。

「どうぞ、おあがりください」というと、その子はかすかにうなずいて、白いコートをぬいだ。コートの下には白いセーターに白いパンツをはいていた。

白いブーツから白いソックスをはいた足を抜《ぬ》くと、その子は足音も立てずに家にあがり、小さな声で「こふこふ」とわらい声を立てた。

「体があったまるものをなにかさしあげましょう」とわたしがいうと、

「冷《つめ》たいミルクを一杯《ぱい》と、フローズンヨーグルトを」とその白い子はいった。

わたしは冷蔵庫《れいぞうこ》からミルクをだしてグラスにそそぎ、冷凍庫《れいとうこ》からフローズンヨーグルトをだしてガラスの器《うつわ》によそった。その子の前にミルクとフローズンヨーグルトを置《お》くと、その子は白いほおをかすかにふるわせてわらい、「とってもしあわせ」といった。

よかった、だれかをしあわせな気もちにしてあげることができて、とわたしは思った。

「そう。うれしい気もちは伝《つた》わるの」と、白い子はいって、おいしそうにミルクを飲《の》み、おいしそうにフローズンヨーグルトを食べた。

その子は壁にかかった鏡《かがみ》の前に行くと、鏡に映《うつ》った自分の姿をとっくりとながめ、「よかった、ちょっとうすくなった」と鏡のなかの自分にむかってささやいた。

その子はたしかに少し透明《とうめい》になりかかっていた。

「あの」と、わたしが声をかけたのと、

「ねえ、いまは雪時間の何時ごろ？」とその子がきいたのは同時だった。

「さあ、どうでしょう。でも、もう夜もふけましたよ」とわたしはいった。

「そろそろおいとま、いたします。でも、きっとまた会える。わかってるの」

白い子は白いコートを着こみ、白いブーツをはくと、玄関のドアをうすくあけ、そのすき間から雪のかたまりのようになってさあっとでていった。そのとき風がふいて、きらきらとわらい声がきこえた。あの子の声だったのかもしれない。

あとには小さな水たまり。わたしはその水たまりをしばらくのあいだ見ていた。

わたしは朗読《ろうどく》するオワリさんをじっと見つめていた。オワリさんの声はだれかの声にとてもよくにていた。知ってるだれか。このまえも会っただれか。みっちゃんの声そっくりだった。オワリさんの丸くなっているあごや、しわがきざまれている目元の、そのずっと奥《おく》のほうに、みっちゃんがいた。胸がどきどきしてきた。

オワリさんがノートから目をあげてわたしを見た。

わたしは、いま自分が思っていたことが知られなきゃいいけど、と思った。そんなことはいっちゃいけないことのような気がしたから。

オワリさんは眼差《まなざ》しをすっとわたしの後ろへと移《うつ》した。

「あらまあ、カヤシタさんじゃありませんか」と、オワリさんははじけるような声でいった。「とってもおひさしぶりねえ」

そっちを見ると、女の人が庭に入ってきていた。となりのベンチにすわっている人よりもっと年取《としと》っているように見えた。

「どうぞ、こちらに」

オワリさんはカヤシタさんという人に、わたしがすわっているベンチを手で示《しめ》した。

カヤシタさんはほほえんで「あらら、こんなお若《わか》い方が」とゆっくり近づいてきて、「こんにちは」とわたしにいった。

「こんにちは」とわたしもいった。

オワリさんはノートをまた顔の前まで持ちあげた。


それから、その子は風のようにときどきわたしのところにやってきた。

その子の声が空のほうから、きらきらときこえてくることもあった。「ひとりぼっちでもへっちゃら」とその子は歌うようにいった。

わたしが踊ると、その子のわらう声がきらきらときこえた。

「踊りが好きなら、ずっと踊ってれば」とその子はいった。

なにをしてても、その子がそばにいる気がした。

「そこにいるの？」とときどきたずねたけれど、そのときには風の音がきこえるだけだった。

でもわたしにはわかっていた。いつかまた、その子がふいにやってくることが。わたしはその子がいつ来てもいいように、いつもミルクとフローズンヨーグルトは切らさなかった。

ほら、きょうにでも、その子がやってきそうだ。わたしはドアを見つめている。

ふうっ、とオワリさんは息《いき》をはきだしてノートを閉《と》じた。

二人の女の人が手をたたいた。

オワリさんはわたしをじっと見つめた。わたしも手をたたいた。

わたしはどうこたえればいいのかわからなかったので、下をむいた。

「信《しん》じられないかもしれないけど、わたしだって、ちょっとまえ、子どもだったのよ」

と、わたしの横《よこ》のカヤシタさんがわたしにいった。

「そうだったわねえ、まったく」と、となりのベンチの人もいって、うれしそうなわらい声を立てた。

わたしには、二人ともおばあさんにしか見えなかった。

「わたしは子どものとき、川で毎日遊《あそ》んでたの」とカヤシタさんはいった。「そうよ。思いだしたわ」

カヤシタさんはくすくすわらった。「川ってね、たまに見るとおなじ風景《ふうけい》に見えるけれど、毎日行っていると、毎日ちがうのよ。流《なが》れがものすごく速《はや》い日もあるし。水かさだって日によってずいぶんちがうの。魚釣《さかなつ》りのおじさんが立っていたり、大きな木の枝が流れてきたり。川面《かわも》が波立《なみだ》っていることもあれば、きらきら光っているときもあったしね。ねえ、タキガワさんはどこで遊んでた？」

「わたしはもっぱら学校の運動場《うんどうじょう》だったわ。うちは学校のすぐそばだったから、毎日暗《くら》くなるまで運動場で遊んでいたの。運動場では鼓笛隊《こてきたい》が毎日練習《れんしゅう》していてね、バトンを持った指揮者《しきしゃ》を先頭に、太鼓《たいこ》や鉄琴《てっきん》やアコーディオンやリコーダーが、二列《れつ》にならんで行進《こうしん》の練習をしているの。『軍艦《ぐんかん》マーチ』をさかんにやっていたけれど、いまから思うと、あのころはもう、戦争《せんそう》がおわって十四、五年たっていたのに、まだそんな曲《きょく》を子どもに演奏《えんそう》させていたのねえ。わたしは鼓笛隊に入れてもらいたくて毎日ながめていたけれど、だれもわたしに気づいてくれなかったわ」

そういうと、「ふふ」と、タキガワさんは下をむいてわらった。「いろいろ、なりたいものがあったわねえ」

「オワリさんはダンサーになりたかったんですか?」と、わたしはオワリさんにきいた。

オワリさんはうふっとわらった。それから、「ダンサーにはたしかにあこがれていたわねえ。けれど、結局《けっきょく》なれなかったなあ」

わたしは若かったときのオワリさんを想像《そうぞう》してみようとした。この喫茶店《きっさてん》にお客《きゃく》さんがたくさん来ていて、コーヒーを飲みながらおしゃべりをしている様子《ようす》や、この庭でお客さんがテーブルを囲んで、ジュースやコーヒーを飲みながらオワリさんの朗読をきいている姿を。そのときのオワリさんはどんな感《かん》じだったのだろう。

でも、わたしにはそんなオワリさんの姿をうまく想像することはできなかった。オワリさんの長い長い人生に、これまでどんなことが起《お》きたのか、考えてみようとしても、わたしにはまったくわからなかった。いま目の前に立っている年取ったオワリさんになるまで、オワリさんがどんなことをしてきたのか、どんなことを考えてきたのか、そんなことは、とてもじゃないけれど、わたしに想像できなかった。

「人生ってすごく長いんですか」とわたしはきいた。

「あら」と、カヤシタさんがいって、わたしを見た。「そうねえ、あなたから見れば、そうかもしれないけど、でも、ふり返ってみれば、あっという間の人生だったわね」

タキガワさんもうなずいている。

わたしは立ちあがった。

「じゃあ、わたし、もう帰ります」

「ほんとうによく来てくれたわね。あなたがこの庭に来てくれるようになってから、なんだかいろんなことを思いだすようになったの。忘《わす》れていた子どものころのことやなんかをね。わたしはこんな年齢になったけれど、でも、ついこのあいだ、わたしもあなたみたいな子どもだったの。それからわかったの。子どものときに体験《たいけん》したことはそのあとの人生にもずっと影響《えいきょう》を及《およ》ぼしつづけていたんだなってことが。長く生きてきたあいだで感じたり考えたりしたことも、もともとはあそこからはじまっていたんだと、そんなことも思って」

オワリさんはにっこりわらった。その顔に一瞬、みっちゃんの顔が重《かさ》なった。

「また来てくれる？」とオワリさんはいった。

「はい」

「それから、これからは、ほんとになにも持ってこなくていいのよ。ただ来てくれればいいの。だって、わたしたちは友だちでしょ。気をつかうなんてへんよ」

「そうよ。子どもが気をつかっちゃおかしいわよ」とカヤシタさんがいった。

「わかりました」

わたしは三人にいった。

「さよなら」

そういって、わたしはおじぎをした。

それから顔をあげて、「あのね、オワリさんの下の名前、なんていうんですか」ときいた。

「わたしはね、オワリミツホです」

そういってオワリさんはそばのテーブルでノートにすばやく自分の名前を書くと、それをわたしのほうにむけて見せてくれた。

「尾割光帆」と書かれていた。

わたしはうなずいた。

わたしは三人のそばを離れ、庭をでるまえにそばのセンダンの木を見あげた。もう花はなかった。緑の葉《は》がかすかに風にゆれていた。

わたしは木の扉をあけて通りにでた。そして、ゆっくり歩いて来た道をもどっていった。

歩くスピードをあげたりせずにバス通りまででて、英会話スクールの前を通りすぎた。わたしは家にむかって歩きつづけた。

18

わたしは窓《まど》をあけて、風の音をきいていた。

家の前の街路樹《がいろじゅ》がざわざわとゆれていた。住宅地《じゅうたくち》のずっとむこうの遠くの山のほうを見ると、山はもう暗《くら》くなっていた。太陽《たいよう》はだいぶまえに沈《しず》んでしまっていたけれど、空の上のほうはまだ明るかった。

白い軽自動車《けいじどうしゃ》が坂《さか》をあがってきた。ママの車だとすぐにわかった。車は家の前まで来るとスピードを落《お》とし、ゆるゆるとカーポートに入ってきた。

鈴《すず》のような音がりんりんと、わたしの体のなかのどこかで鳴っていた。その音は、オワリさんの庭《にわ》から帰ってきている途中《とちゅう》で鳴りはじめ、ときどききこえなくなったり、またきこえたりした。

自分がこの一か月ちょっとのあいだに経験《けいけん》したことは、だれかにわかってもらえそうもないほどふしぎなことだったのに、でもそれはわたしには「あれ？」と思うくらいのふしぎさだった。こわくなったときもあったけれど、でも家に帰ってそのことを考えようとすると、あれもこれもぜんぶほんとのこととしか思えなかった。

両手《りょうて》を腰《こし》にあてて、みっちゃんはたしかに塀《へい》の上で踊《おど》っていた。あのとき、みっちゃんの耳にもほかの人にはきこえない音楽がきこえていたんだろうか。音楽にあわせるみたいにして、みっちゃんはステップを踏《ふ》んで踊っていた。「うまいね」とわたしがいうと、みっちゃんは恥《は》ずかしそうな顔をしたけれど、でも、とってもうれしそうだった。あの塀の上にいるときのみっちゃんはきっと自由《じゆう》な気もちだったんじゃないかな。

そして、あのみっちゃんはやっぱりオワリさんだった。みっちゃんがレンガ塀の上にいたのは何十年もまえのことだったのかもしれないけれど、オワリさんは「ついこのあいだのことだった」といっていた。たしかに、わたしがみっちゃんに会ったのはついこのまえだ。

車からおりたママが玄関《げんかん》に近づいてきて、それからドアのカギをあける音がきこえた。ドアがあき、ママが家に入ってきた。

「二人ともおりてらっしゃーい」と、ママが階段《かいだん》の下から呼《よ》んだ。

わたしは窓から首をひっこめて「はーい」と返事《へんじ》をした。

部屋《へや》をでると、となりのお兄ちゃんの部屋のドアが少しあいていた。

「昔《むかし》の時間がいまの時間に重《かさ》なることってあると思う?」と、わたしはドアのあいだに首だけ突《つ》っこんできいた。

「なんのこと」と、お兄ちゃんはいった。

お兄ちゃんは床《ゆか》にすわって、「見たら殺《ころ》す」の戸棚《とだな》にもたれて漫画《まんが》を読んでいた。

「あのね、一つの場所《ばしょ》にはいまだけの時間だけじゃなくて、べつの時代《じだい》の時間も重なっているの?」

「むずかしいことをいいたいの？」

「やっぱり、それはむずかしいことなんだね」

「このまえから、へんなことばかりきいてくるけど、どういうこと？　だれかにへんな場所に連《つ》れていかれそうになったとか、そういうこと？」

「そうじゃなくてね」

「塾《じゅく》は？」とお兄ちゃんはきいた。

「あのね、やめるの」とわたしはこたえた。

「朋《とも》までも」

お兄ちゃんはつぶやくようにいうと、ふうっと息《いき》を吐《は》きだした。

「あのね、友だちができたんだけどね、その人っておばあさんなの。いまはおばあさんなんだけど、昔は子どもだったの。その昔の子どもはわたしとにてるところもあって、友だちもほとんどいない子だったの。わたしは、その子と友だちになりたいんだけど、でもなれないんだよね。だって昔の子なんだから。だけど、おばあさんになっているその人とはなれるよね。おばあさんのなかには、その子がいるはずだからね」とわたしはいった。

お兄ちゃんは頭を「見たら殺す」の扉《とびら》にこんこんと打《う》ちつけて、「あのね」といった。「こっちが友だちだとずっと思っていたら、相手《あいて》だってちょっとくらいは友だちだと思ってくれるんじゃないの、たぶん。最近《さいきん》、ずっと朋がいっているのは、その人のことなんだろう？　念《ねん》のためにきくけど、その人ってあやしい人じゃないよね。子どもを利用《りよう》しようとか、だまそうとしているわけじゃないよね」

「ちがうよ。庭でおはなしを朗読《ろうどく》している人」

「おはなしか。ふーん。でも、おばあさんの友だちより、どっちかというとおなじ年くらいの友だちのほうがいろいろ遊《あそ》べて楽しいんじゃないの」

そういうと、お兄ちゃんはまた目を漫画にもどし、「ドア、しめて」といった。

わたしはそっとドアをしめた。

リビングに行くと、「おいしそうなパンがあったから買ってきたの」と、キッチンからママがいった。「ほら、ハルヤっていう、園芸店《えんげいてん》のむこうのベーカリー」

わたしはベーカリーの袋《ふくろ》をあけた。ソーセージがはさんであるパンやメロンパン、お兄ちゃんの好《す》きなカレーパンもあった。

「あのね」とわたしはいった。

「行かなかったのね、英会話《えいかいわ》スクール」とママはいった。

「行かなかった」とわたしはいった。

ママはうなずいた。

「がっかりしてる？」

ママは首をふった。

「あのね、このまえもいったかもしれないけど、無理《むり》やりプールに入れられたときみたいな気もちになるんだよね。小さかったときに、わたしスイミングスクールに入れられたでしょ。プール、こわかったんだよね、わたし。無理やりプールに入れられたとき、すごく苦《くる》しかった。泳《およ》げるようになったら楽しいよ、って先生に何度《なんど》もいわれたけど、どうやったら楽しい気もちになれるのかわからなかった」

「あのときも、三回くらい行っただけでやめちゃったわね、朋は。スイミングスクールの入り口のところで、すごく泣《な》いたよね。おぼえてる」とママはいった。

「自分がしたくないと思っていることは無理にしたくないの」

「それとおなじようなことを晴太《はるた》もいってたけど」

「お兄ちゃんのまねっこじゃないよ」

「いやなことはしたくないってことだけじゃ、だれも説得《せっとく》できはしませんよ。わたしはただ現実的《げんじつてき》な問題《もんだい》を考えて、英会話スクールをすすめただけよ」

「わかってるけどね、でも、気もちがいやがってるの。それって理由《りゆう》にならないの？」

「マイペースでやりたいってことでしょ」とママはいった。「ね」

ママはわたしを見た。そしてかすかにほほえんだ。

ママが怒《おこ》っているわけじゃないことがわかって、ほっとした。

わたしはキッチンに入っていくと冷蔵庫《れいぞうこ》をあけ、麦茶のポットを取《と》りだす代《か》わりに炭《たん》酸水《さんすい》のペットボトルを取りだした。

キャップを取って、グラスに半分だけついだ。泡《あわ》がはじけている炭酸水をぐいっと飲《の》んだ。とたんにのどが破裂《はれつ》しそうになって、「うえっ」と咳《せ》きこんでしまった。

「よくこんなものがぐいぐい飲めるね」とわたしはいった。

「おとなになれば」とママはいった。

「ママは子どものときに得意《とくい》だったことってなに？」

わたしはちびちびと炭酸水を飲んだ。

「そうねえ」と、ママは野菜《やさい》を洗《あら》う手をとめていった。「水泳《すいえい》、じゃなかったなあ。走るのもそんなに速《はや》くなかったし。そうねえ、小さいときはぬり絵がすごく好きだったわ。あ、でも、ぬり絵って得意とかそういうものじゃないよね。そうだ、思いだした。迷路《めいろ》を描《か》くのが好きだったな。ノートに鉛筆《えんぴつ》で細かく描いていくの。迷路用のノートを一冊《さつ》持《も》ってたぐらい。あ、でも、これも得意なこととはちがうわね。そうねえ、いばって得意なことだったってだれかにいえるほどのものはなかった気がするなあ」

「ママのそのノート、いまでも持ってるの？」

「なくしちゃったなあ。いつのまにかね。子どものときにはすごく大事《だいじ》にしてたんだけど」

「あのね、昔のことを思いだしていたら、昔の子ども時代にもどってて、そして偶然《ぐうぜん》、何十年もあとの子どもと出会って友だちになることってあると思う？」

わたしはママのそばで、ステンレスの蛇口《じゃぐち》の丸い部分《ぶぶん》にとっても小さく映《うつ》っている自分の顔を見ながら話した。

「夢《ゆめ》の話をしているの？」

わたしはシンクの前を離《はな》れた。

「いいわね、そんなことがほんとに起《お》きると」とママはいった。

「うん」

わたしは炭酸水を飲みほした。

「きょうの晩《ばん》ごはんはなに？」

「カレー」とママはいった。

いつものように八時をすぎて帰ってきたパパと、パパの帰りを待《ま》っていたママは、ダイニングテーブルでむかいあってカレーを食べていた。

わたしとお兄ちゃんは先に食べおえていたけれど、やっぱりテーブルについていた。お兄ちゃんはパパのとなりに、わたしは食事《しょくじ》のときはいつもそうするようにママのとなりに。ママにいわれたからだ。「あなたたちも、ここにすわりなさい」と。

「まあね。自分でよく考えてきめたことなら、野球部《やきゅうぶ》をやめてもいいんじゃないかな。というか、それしかないだろうな。スポーツって、いやいややっても上達《じょうたつ》しないだろうし、第一《だいいち》楽しくないだろう」と、パパはお兄ちゃんにいった。「スパイクはもったいなかったけどさ。まだそんなに傷《いた》んでいないだろう。だれか、サイズがあう人で、使《つか》ってくれるって人がいれば、もらってもらえばいいんじゃないか」

パパはほんとうはカレーがあんまり好きじゃないことをわたしは知っている。でも、パパは残《のこ》さないで食べた。

わたしはパパとママの様子《ようす》をじっとうかがっていた。二人はけんかをしているわけでもなさそうだった。二人で、わたしとお兄ちゃんのことを話しあったのだろうか。どんなことを話したんだろう。

「で、と」と、パパがわたしにいった。「朋もやめることにしたんだ」

うん。わたしはうなずいた。

「英語《えいご》がきらいなの？」

パパは怒るつもりはないという口調《くちょう》でわたしにたずねた。

「あのね」といいかけて、それから、自分のいまの気もちをどういえば、おとなにわかってもらえるのかを、ちょっと考えた。たいていのおとなは、子どもはいっしょうけんめい勉強《べんきょう》するのが一番だと考えている。いっしょうけんめいしたくない、ってことを上手に説明《せつめい》することなんてできるんだろうか。

「いつかね、英語を好きになることがあるかもしれないけどね。このままつづけていたら、どんどんきらいになっていくような気がするから」とわたしはいった。

パパはじっとわたしの顔を見ている。もっとちゃんとした理由をききたいという顔をしている。

「なんでも挑戦《ちょうせん》って、子どもはいわれてばっかりだけどね、いやだなって思う気もちだって大切だと思うけど」

そこで言葉《ことば》につまった。

「わかった」とママがいった。「朋の気もちはね、わかったから。もう無理につづけなくていいよ」

そういったママの口調はやっぱり残念《ざんねん》そうだった。

「うん。でも、たぶん、わかってないと思うけど」とわたしはいった。いやな気もちの中身は、わたしにもはっきりわからなかった。

お兄ちゃんがにやっとわらった。

「どっちにしても、よく考えてからきめる、というのは大事なことだから」とパパはいった。「感情《かんじょう》にまかせてきめるというのはよくないけどね。考えてるだけできめられないっていうのもよくないからね。じっくりと考えてきめたのなら、それを尊重《そんちょう》するしかないね」

「じっくりかどうかわかんないけど、考えたよ。しなくちゃいけないといわれたから、しなくちゃいけないって思うのは、それは考えてないってことじゃないのかな」とわたしはいった。

お兄ちゃんが椅子《いす》から立ちあがった。

わたしも立った。パパやママのほうは見なかった。

「あんたたち、どっちかお風呂《ふろ》に入りなさい」とママがいった。

「おれはあとで」とお兄ちゃんはこたえた。

「わたしも」と、わたしはいった。

「んもう」とママがいった。

お兄ちゃんはキッチンに入っていくとキャビネットからグラスを一つだした。お兄ちゃんはまたコーヒーフロートをつくるつもりらしかった。

わたしはリビングをでて階段をあがっていった。

自分の部屋に入ると、窓はあいたままになっていた。

外はもうまっ暗《くら》だった。

わたしは窓をしめるまえに、窓から首をだしてみた。風はふいていないようだった。

胸《むね》のなかにいろんなことがただよっているみたいで、なんだかすうすうとさみしい気がした。もうみっちゃんには会えないんだな、と思った。あの黄色いつるバラが咲《さ》いていた曲《ま》がり角《かど》も、たぶん二度《にど》とまがることはできない。それはしかたがないことなのだ。

見あげると、空には月がでていた。きれいな半月だった。かすかに、またりんりんりんと、体のどこかからきこえた。

あさって麦野《むぎの》さんに「英会話スクールをやめる」と話そう。麦野さん、なんていうだろう。あきれるかな。それとも、うらやましがるかな。まよったけど、だけどやめることにきめたんだよ、と、そう麦野さんにいおう。

麦野さんに、いつかみっちゃんの話をしてみよう。麦野さんならしずかに話をきいてくれそうな気がする。そしてわたしの話を信《しん》じてくれるような気がする。

麦野さんといっしょにオワリさんの庭に朗読をききにいけたらいいな、と思った。そうすれば麦野さんにオワリさんを紹介《しょうかい》してあげられるんだけど。

あ、だけど、それはだめだと気づいた。朗読があるのは土曜日だから。麦野さんまで英会話スクールをさぼらせてしまうことになる。

でも、いつか。そうだ、もうじき夏休みだ。夏休みには、マークス先生がアメリカに帰るので、八月の第一週と第二週は初級クラスはお休みになるはずだ。そのとき麦野さんをさそってあの庭に行こう。あのセンダンの木が立っている庭に。そこで麦野さんにオワリさんを紹介しよう。友だちです、と。そして、いっしょに朗読をきこう。

わたしは大きく息を吸《す》った。そしてゆっくりと吐いた。りんりんと、また小さくきこえた。

胸のなかが少しひろがったような気もちになった。わたしは窓をしめた。

岩瀬成子（いわせ・じょうこ）
1950年山口県生まれ。1978年『朝はだんだん見えてくる』で日本児童文学者協会新人賞を受賞。『「うそじゃないよ」と谷川くんはいった』で産経児童出版文化賞・小学館文学賞・IBBYオナーリスト賞、『ステゴザウルス』『迷い鳥とぶ』で路傍の石文学賞、2008年、『そのぬくもりはきえない』で日本児童文学者協会賞、2014年、『あたらしい子がきて』で野間児童文芸賞、2015年、『きみは知らないほうがいい』で産経児童出版文化賞大賞、本作で坪田譲治文学賞を受賞。

もうひとつの曲《ま》がり角《かど》

二〇一九年九月二十四日　第一刷発行
二〇二一年六月　一　日　第二刷発行

著　者――岩瀬成子《いわせじょうこ》

装　画――酒井駒子
装　丁――岡本歌織（next door design）
N.D.C. 913 254p 20cm

発行者――鈴木章一
発行所――株式会社講談社
東京都文京区音羽二―十二―二十一
郵便番号　一一二―八〇〇一
電話――編集　〇三―五三九五―三五三五
販売　〇三―五三九五―三六二五
業務　〇三―五三九五―三六一五

KODANSHA

印刷所――共同印刷株式会社
製本所――株式会社若林製本工場
本文データ制作――講談社デジタル製作

定価はカバーに表示してあります。

ISBN978-4-06-516880-6

岩瀬成子の本

「子供のころに、
言葉にできなかった
たくさんの気持ちが、
言葉になって、ここにある。」
――江國香織氏

『マルの背中』
講談社　定価1300円

小学三年生の亜澄は母と二人暮らしをしている。亜澄が7才、弟の理央が5才のときに、両親が離婚して弟が父に引き取られたからだ。

ある日、亜澄は近所の駄菓子屋さんのおじさんに呼び止められ、看板猫のマルを4、5日預かって欲しいと言われる。